우리를 받아 줄
곳은 없나요

심웅석 수필집

초판 발행 2022년 9월 12일
지은이 심웅석
펴낸이 안창현 **펴낸곳** 코드미디어
북 디자인 Micky Ahn **그림** 안정현
교정 교열 민혜정

등록 2001년 3월 7일
등록번호 제 25100-2001-5호
주소 서울시 은평구 갈현로 318-1 1층
전화 02-6326-1402 **팩스** 02-388-1302
전자우편 codmedia@codmedia.com

ISBN 979-11-89690-75-5 03810

정가 15,000원

이 책은 용인시문학창작지원금을 받아 출판되었습니다.

우리를 받아 줄 곳은 없나요 | 심웅석

序文

미래를 향한 수필의 힘

한국여성문학인회이사장 **지연희**

심웅석 선생의 3번째 수필집 『우리를 받아 줄 곳은 없나요』가 출간된다. 이번 수필은 그 어느 때보다 필력이 만만치 않다. 깊은 사유와 빈틈없는 퇴고를 통한 결과물이다. 삶의 진솔한 스토리가 모여 숨김없이 형상화된 한 권의 수필집은 목공의 세밀한 손끝으로 다듬어진 공예품과 다르지 않다. 나무라고 하는 무형의 존재가 장인의 혼신을 다한 공력으로 존재의 옷을 입을 때 세상에 없는 예술 작품이 탄생된다. 심웅석 제3수필의 강점은 작은 개울물이 큰 강물을 이루고 있다는 점이다.

존재하지 않는 것들을 존재하게 하는 일, 이는 창조적 발견이며 눈부신 아름다움이다. 존재하지 않는 바탕에 인간은 끊임없이 무엇을 존재하게 한다. 까닭에 존재하지 않는 바탕을 향한 창조의 노력은 문학예술 발견의 길잡이임에 분명하다. 더구나 문학이라는 언어 예술을 지향하는 사람들에게는 절대성을 지니는 일이다. 인공지능이 수필을 쓰고 시를 발표하는 현실을 맞이하며 작가의 특정한 감성으로만 표출되는 이미지 구현의 형상화된 언술이야말로 수필문학 문학성 재고에 합당한 논제라고 생각된다.

인공지능 AI는 인간이 컴퓨터에 입력해 준 무수한 정보를 데이터베이스에 통합 저장하는 일을 한다. 가장 효율적인 데이터를 산출하여 목적(수필, 시 쓰기)에 적합하게 사용하는 기계화된 인식의 전달일 뿐이다. 사전적 언어로 서술하는 언술의 나열에 지나지 않아 살아있는 생명의 맥박을 느끼지 못한다. 다만 인간의 고도화된 지능이 어디까지 AI를 인간 지능에 도전하게 만들지 염려할 뿐이다. 감성의 표현이어야만 하는 의미의 형상화를 위하여 시적 수필을 쓰고 있는 사람들이 많이 늘고 있다. 그것이 수필문학의 전부는 아니지만 독자에게 가장 친절한 작가는 어떤 의미를 말하려 할 때 그 의미를 구체적 표현으로 이미지를 제시해 주는 일이다.

　주제가 선명한 글이 가장 훌륭한 수필이듯이, 어떤 의미를 내포하고 있는 문장의 구체적 표현은 가장 '아름답고' 선명한 이미지를 그려내야 한다는 것이다. 하지만 앞 문장에서 제시한 아름답다는 언어는 사전적으로 체득한 그 이상의 의미가 아니라는 것이다. 아름다움의 정도가 구체적으로 전달될 수 없다는 점이다. 그저 막연한 아름다움일 뿐이다. 그러나 그림을 그려내듯이 면밀한 표현으로 아름다움의 크기를 형상화 시켰다면 보다 세부적으로 독자를 설득할 수 있다는 것이다. 김광균의 시 「설야雪夜」에서 시인은 한밤중 쏟아지는 폭설을 우리의 언어로 어떻게 표현할 수 없어 '먼 곳 여인의 옷 벗는 소리'로 구체화시켜 독자의 감성을 흔들어 놓았다. 수필 언어 또한 마찬가지이다. 언어는 인간의 감성을 온전히 수용할 수 없는 까닭이다.

심웅석 수필 문학의 방향은 무엇인지 더 천착해 본다면 언어의 창출이 아니겠는가 생각한다. 작가는 독특한 자신만의 언어를 구축해야 한다고 믿는다. 제아무리 인공지능의 눈부신 진화가 우리의 일상에 침범한다 하더라도 인간의 인간만이 소유한 생명의 뜨거운 숨결에는 닿을 수 없을 일이기 때문이다. 흰 눈밭을 헤집고 오롯이 봉오리를 돋아 올려 샛노란 꽃을 피우는 복수초의 맑은 꽃잎도 생명의 경이로운 숨결로 비롯된 창작품이다.

심웅석

세 번째 수필집입니다. 의업을 정리하고 은퇴 생활을 하면서 자서전을 한 권 써보려고 했습니다. 인생은 한 편의 이야기이고, 이것을 생전에 써서 남기고 싶었기 때문이지요. 이렇게 시작한 글쓰기가 수필이 되었고 계속 읽고 쓰다 보니 3집이 되었습니다. 시는 6년 전에 『문파』에 등단하여 시인으로 수필을 써오다가, 금년 봄에 『계간수필』에서 1, 2차 천료를 통하여 수필도 등단이 되었습니다.

　글쓰기가 쓸수록 쉬워지는 게 아니라 점점 더 어려워지는 것은 무슨 까닭일까요. 수필은 체험과 사색의 글이라 하니 인생의 체험에 한계가 있고, 좀 더 잘 쓰려면 철학과 재미가 들어가야 한다니 자연히 어려워지는 듯합니다. 자연을 관찰하고 탐구하는 데서 예술이 탄생한다(키케로)했으니 주위의 자연에도 눈을 돌려야 했습니다.

　지금은 사람들이 온통 디지털 영상 매체와 인터넷 세상 속에 빠져 있기에 문학의 위기라 합니다. 모두 스마트폰에 중독되어 책을 읽지 않는 세태이지만, 문학은 궁극적으로 인간 정신을 정화시키는 근원이니 건강한 문학 정신은 계속되리라 믿습니다.

　글을 쓰면 세상에 뒤엉킨 감정들이 조용히 정리되면서 나 자신으로 돌아오는 기쁨을 느끼기에 계속 쓰고 있습니다. 생각을 더듬어 간결하게 쓰려고 노력하였고 그 결과 짧은 수필이 많아졌습니다. 고독 속에서 나 자신과 마주 앉아 쓴 글이지만 한번 청람해 주신다면 영광이겠습니다. 알뜰하게 지도해 주시는 선생님과 가까이에서 응원해 주시는 문우님들에게 감사드립니다. 사랑하는 아내에게 이 책을 드립니다.

_2022.9. 심웅석

Contents

1 ————————

글을 쓰면서

2

낙엽을 밟으며

Contents

3

유명해지고 싶은 병

4

주량이 얼마예요

Contents

5

세월의 강

세월이 흘러, 남에게 뒤지지 않으려고 앞만 보고 달리며 난 체하던 젊은 날이 하늘에 흐르는 저 구름처럼 덧없이 보이는 나이가 되었다. 천천히 산책하면서 조용한 길가의 찻집에 가끔 들르며 산다.

−「차의 정서」 중에서

1부

글을
쓰면서

산책길에서

　　오늘은 자이 아파트 쪽 둘레길로 올라와 광교산 자락의 나무 벤치에 앉았다. 전에는 버들치 고개에서 천년 약수 쪽으로 많이 다녔는데 수술을 받고 나이 든 뒤부터는 숨찬 코스는 피하는 중이다. 자연히 성복천 둔치길이나 가끔 산이 그리울 때면 이쪽으로 길을 잡게 된다. 코스가 완만하여 아내와 함께 천천히 이 길로 접어들면 언제나 다정한 친구를 만나는 것처럼 평온한 기쁨에 잠기게 된다.

　　벤치에 앉아 주위를 둘러본다. 숲에서 소나무 전나무 군락이 피톤치드를 내뿜어 몇 번의 심호흡으로 폐 속까지 깨끗이 맑아지는 느낌이다. 산언덕에 단풍나무와 상수리나무들의 잎새들이 오월의 햇빛에 연초록으로 물들어 있다. 불현듯 친구 I가 생각난다. 젊을 때 함께 등산 다닐 때면, 이맘때의 연둣빛 숲을 유난히 사랑하던 친구였는데 지금은 하늘나라에 가 있다. 노란 산수유가 앙증맞게 솟아나더니 이어서 죽단화(겹황매화)가 샛노랗게 무리지어 밝게 웃고 이팝나무 하얀 꽃이 여기저기 흰색으로 피어나 사방이 잘 꾸며진 정원 같다. 산새 몇 마리 찍찌르르 노래하며 나뭇가지 사이로 숨바꼭질이 한창이다. 숲에 들어오면 어찌 이토록 마음이 편해지는가.

하늘을 올려다보니 구름 한 점 없는 파란 하늘이 시원하게 열려있다. 반쯤 먹은 하얀 낮달이 중천에 떠 있고 이윽고 잘생긴 여객기 한 대가 긴 꼬리를 허옇게 남기며 지나간다. 흰 꼬리의 흔적이 연기처럼 사라져가는 것을 보고 있으면 우리 인생의 흔적도 저와 닮았을 것이란 허무한 생각이 든다. 살면서 이룬 것을 타인과 비교하며 누군가에게 인정받고 싶어 하고 남들이 알아주기를 원하지만 결국은 공수래 공수거空手來空手去가 아닌가. 유명 인사들의 삶도 대부분 세월이 가면 흘러가는 구름처럼 잊힐 것이다. 세상에 영원한 것은 없다하지 않던가.

허무한 인생을 어떻게 살 것인가? '인생이란 자신의 길을 홀로 걸어가는 것이다. 나 자신으로 살아가는 것이야말로 중요하며 우리가 세상에 태어난 의미이기도 하다. 누구에게 인정받고 싶다는 생각을 버리고 고독하라, 그때 나만이 할 수 있는 것을 발견하게 된다'(『헤세를 읽는 아침』 중에서) 고뇌, 그 자체가 인생이고 그 체험이 삶을 가치 있게 만든다는 것이다. 영혼이 인도하는 길을 살면 비바람 치는 속에서도 올곧게 자란 숲속 소나무들처럼 후회 없는 인생길이 될 것이란 의미일 게다. 법정 스님도 부처 찾아 절로 헤매지 말고 자신이 바로 부처라는 사실을 알라고 하지 않으셨나.

성공하면 행복한 것이 아니라 행복이 성공이라 한다. '최상의 행복은 가정에 평화가 깃들어 있는 삶이다'(괴테)라고 하니, 이 숲속 정원처럼 평화롭게 사는 것이 성공이며 이는 사랑이 가득한 가정을 말함이리라. 내려오는 길이다. 앞에 등이 굽은 노부부가 다정하게 손을 잡고 걷는다. 삶의 질곡에서 허다한 갈등과 이견異見을 인내와 양보로 이겨내고 여기까지 온 행복한 커플이다. 이 나이에 정다운 짝이 있다는 것 말고 무엇이 부러우랴. 옆에서 걷고 있는 아내의 손을 살포시 잡는다.

거실의 안락의자

거실에 나와 안락의자에 앉는다. 많이 낡은 일인용 리클라이너이다. 이사 오면서 칠 년 전에 산 것인데 군데군데 외피가 벗겨져서 허옇게 헝겊 내피가 보인다. 아내가 역류성 식도염이 있어 비스듬히 앉기 위하여 우연히 들른 이-마트에서 저렴한 중국산이 있기에 샀던 것이다. 처음에는 푹신한 쿠션에 번지르르한 가죽 모양 외피에 당당한 모습이었다. 이제는 낡아서 보기 흉하지만 기능에는 아무 이상이 없다. 늙었을망정 아직 잘 먹고 걸음 잘 걷는 나와 비슷한 모습이다.

식도염은 시술받아 고쳤기에 지금은 우리 부부가 나이 따라 찾아온 불면증을 추스르는 데 쓰인다. 깊은 밤에도 가끔 침만 꼴깍 넘어오고 잠이 오지 않을 때, 어둠을 안고 거실 리클라이너에 나앉아 담요를 덮고 누워 있으면 자리가 편안하여 스르르 잠이 온다. 허옇게 노출된 내피가 보기 흉하여 가죽 파는 집을 찾아가서 필요한 만큼 구하여 강력접착제로 가죽을 오려서 붙여 보았다. 모양이 제법 돌아왔다. 그리고 2년이 지난 지금 다른 부위가 벗겨지기 시작하여 모양이 다시 흉하다. 여기에 앉아 있으니 외모 단정하고 기운이 넘치던 젊은 시절 다 지나고, 여기저기 병원 신세 지면서 살아가는 구부정한 내 신세처럼 느껴진다.

월전에 소파 천갈이하는 사람을 불러 가죽 커버로 바꾸는 견적을 물어보았다. 그분 왈, 그보다는 차라리 새것으로 바꾸는 게 낫겠다고 말하고 가버린다. 사람도 나이 많은 노인이 병원에 가면 의사들이 '많이 살았으니 그냥저냥 살다 가시라'는 투로 대한다는 얘기를 들었다. 나 자신도 진료 일선에 있을 때 나이가 높은 노인을 보면 적극적인 수술이나 시술은 신중히 결정하고 가능하면 현상유지 요법을 해왔다. 노인 의학이다. 천갈이 아저씨 말대로 내다 버리고 새것으로 바꿔버릴까 생각하면서 바라보아도 이 거실 안락의자는 초연한 모습이다. 생사를 내맡긴 채 자신의 업무에 충실할 뿐이다.

거죽만 벗겨져 초라할 뿐 쿠션도 탄력이 살아있고 리클라인도 작동이 잘된다. 조선 후기의 방랑 시인 김삿갓이 남루한 행색으로도 전국을 누비며 선비의 기개를 잃지 않은 것처럼 이 의자도 전혀 기죽지 않는다. 버리자니 그동안 정도 들었나 보다. 가만히 바라보고 있으니 이 늙은 안락의자는 석가가 말씀하셨다는 '무재 칠시無財 七施'를 몸소 실천하고 있지 않은가? 얼굴을 펴고 정답게 대하는 것, 부드러운 말과 따뜻한 마음을 주는 것, 남의 짐을 덜어 주는 것, 자리를 내주어 양보하는 것, 상대의 마음을 헤아려 주는 것들이다.

남을 받아들이고 자리를 양보한다는 것은 말없이 나를 내어주는 일이다. 인생의 황혼에서 동병상련同病相憐을 느끼며 이 의자의 내재

적 아름다움을 배운다. 회한 뒤에 오는 무애無礙의 심정으로 앞으로 남은 날의 이정표를 다듬을 것이다. 멀리서 목탁 소리에 섞인 염불 소리가 석양빛에 물든 계곡을 타고 들려오는 듯하다.

글을 쓰면서

왜 나는 글을 쓰는가? 건강 관리를 위하여 자연을 찾아 용인 산자락으로 이사한 지가 팔 년이다. 소일을 찾던 중에 문학교실을 발견하였고 육 년 전에 등단(詩)하여 지금은 시와 수필을 쓰고 있다. 글을 쓴다는 것이 이렇게 어려운 것이구나 갈수록 느끼면서 중학생 때 형이 해주던 충고를 생각한다. "쓰기도 힘들겠지만 읽는 이에게 감동을 주기가 얼마나 어렵겠는가?" 닥치는 대로 책들을 구해 읽던 그때, 형의 말을 듣고 소설가가 되겠다는 꿈을 접었었다. 이렇게 늦게 들어온 글쓰기가, 없으면 안 될 길동무가 되면서 살아온 인생을 되돌아보게 된다.

책상에 앉아 펜을 들면 먼저 생각하게 되는 것이 지나간 젊은 시절이요 그 시절을 보면 자연히 떠나간 여인들이다. 가슴속에 천사처럼 깊이 묻어놓고 앞날을 꿈꾸던 여인이 소리 없이 사라진 슬픔을 '첫사랑'이나 또는 체념한 듯 '그대는 보고 있나요'라고 읊어댄다. 깊이 사랑하면서도 사랑한다 말을 못 하고 몸짓으로만 표현하던 여인이 스스로 지쳐서 허망하게 저 세상을 택한 아픔을, 그녀의 아름답던 눈을 생각하며 '달과 눈동자'라 불러본다. 사랑을 처음 알고 무지개 꿈을 펼치던 소녀가 손수건을 선물하면서 사랑을 양보하고 웃으며 떠나던 날을 떠올린다. 속으로 울던 그녀를 생각하면서 '떠나간 여인'이라 노래하며 어느 하늘 아래 행복하게 살아가기를 빈다.

어렸을 적에 자라오던 날들을 떠올리며 가족 생각을 한다. 부자였다는 우리 집이 망해서 오륙 세 때에 이웃 동네로 이사하였다. 집 안팎의 일을 도맡아 해주던 행낭네 가족을 보낸 뒤에 갖은 잡일들을 직접 하시며 고생하시던 어머니의 모습이 잊히지 않는다. 뙤약볕에 밭 매시던 일, 동네 샘에서 물지게로 힘겹게 물을 져다가 부엌에서 밥하고 빨래하시던 일. 이렇게 쉴 틈 없이 일하면서 곱던 손이 두꺼비 등처럼 붓고 갈라진 모습. 새벽이면 장독대에 정화수 떠놓고 자식들 위하여 치성들이시던 모습— 이런 어머니의 아픈 기억들을 「어머니, 어머니」란 글로 돌아보며 눈물짓는다. 6·25 전란 중 20대 초에 홀로 되신 작은 누님이 외동딸을 훌륭하게 키우시고 사시다가 내가 어려울 때 우리 집에 오셔서 도와주시던 고마운 기억들이 글 구석구석에 고개를 내밀며 미안하고 부족했던 일들을 반성하고 뉘우친다.

쓰면서 틈틈이 올라오는 것은 젊은 시절의 친구들 생각이다. 고교 때의 교우들과 연결되어 도움받은 일들. 세상을 잘 살려면 세무 계통에, 경찰에, 판검사에 이 세 군데에 친구가 있어야 한다는 말이 어쩌면 그렇게 명언이었는지, 잊지 못할 추억들이 꼬리를 문다. 고교 친구들은 다방면에 퍼져 있지만 반면에 대학 친구들은 한 가지(의학) 전문

분야이기에 교우 관계가 단조롭다. 대학에서 때 묻지 않은 맑은 영혼들과 어울려 다니던 지난 일들이 아름다운 추억으로 찾아올 때면 나이를 잊고 엔도르핀이 뿜어 나오면서 젊은 날로 회귀한다. 마음껏 노래하지 못한 청춘의 낭만이 아쉽게 남지만 그래도 귀중한 지난날의 흔적들이다.

쓰면서 생각한다. 글이란 자신의 체험과 사색思索에서 출발하기에 수필도 시도 바로 그 사람이라는 생각이다. 문학적 표현이나 철학적 사색은 턱 없이 부족하지만 글을 씀으로 흩어진 내적 감정이 깨끗이 정리되고 고요한 자신의 길을 찾아가게 됨을 알기에 멈출 수가 없다. 읽어주는 이는 별로 없어도 계속 쓰는 것은 이것이 자신의 반성문이요 상대에 대한 위로의 사과문이요 기도하는 마음으로 나의 영혼을 찾아가는 작업이기 때문이다. 쓰면서 자신을 미화하지 않고 글로써 남을 비난하는 일이 없도록 각별히 조심하고 있다.

버스 안에서

매주 수요일은 죽전 신세계 백화점으로 문화 교실에 가는 날이다. 집 앞에서 1번 마을버스를 타면 백화점이 있는 죽전역에 내린다. 시발점 가까이에서 승차하기에 항상 자리가 있어 오늘도 그러려니 하고 버스를 탔다. 기대와는 달리 자리가 모두 차고 몇 사람은 서서 가야했다. 평소에 마음을 비웠다고 자부하던 내가 죽전역까지 가면서 이렇게 마음이 가볍게 요동칠 줄은 몰랐다.

이 나이에 서서 가면서 마음속으로는 '오늘은 운이 나쁜 날이군, 몇 정거장 가면 빈자리가 나겠지'하며 언짢은 기분으로 서 있었다. 하지만 정거장을 거칠 때마다 손님들이 한 무더기씩 오르는 것이 아닌가. 이제는 서 있는 자리마저 비좁고 둘을 잡던 손잡이도 하나만 잡아야 했다. 앞을 보니 사람들에 밀려서 시커먼 선글라스를 낀 젊은 여인과 가슴이 막 닿으려고 한다. '아— 좀 전에 손잡이도 둘을 잡고 넉넉한 자리에 서 있을 때가 행복했었구나' 생각하면서 마음이 참 변덕스럽다는 생각에 속으로 피식 웃음이 나왔다.

몇 정거장 더 가니 승차 입구에서 앓는 소리가 크게 들린다. "엉-
아이구, 응-" 몸도 잘 가누지 못하는 뚱뚱한 노인이 올라와 비틀거
린다. 맨 앞자리에 앉은 젊은 학생이 자리를 양보하겠지 기대했으
나 꿈적도 않는 것을 보는 순간 밉다는 생각이 들었다. 그 바로 뒤
에 앉아 있던 머리 하얀 할배가 "여기 앉으세요" 선뜻 자리를 양보하
는 것이 아닌가. 유창한 발음으로 "Thank you, so much"- "You're
welcome", 서로 주고받는 대화가 지난날에 한몫했던 분들인 듯하다.
아침에 참으로 아름다운 모습을 보았다는 생각에 마음은 차창 밖 파
란 가을 하늘에 떠가는 흰 구름처럼 가벼워졌다. 빈자리를 더듬던 내
가 지금 서 있는 것은 문제가 아니었다.

몇 정거장을 더 가면서 앞자리가 비었다. 바로 옆에 초등학교 1학
년쯤 돼 보이는 어린이가 서 있다. 자리에 앉으라 권하니 "아녜요 곧
내립니다" 옆에 서있던 젊은 엄마가 말한다. 그 자리에 드디어 편하
게 앉았다. 가면서 보니 젊은 엄마는 내리지 않고 아이의 손을 꼭 잡
고 저쪽에 계속 서있는 것이 아닌가. 마음속으로 '남을 배려할 줄 아
는 교양 있는 여인이구나'라는 생각에 마음이 흐뭇해졌다. 그 어린이
의 뒷모습을 보면서 '너는 틀림없이 훌륭한 인물로 자라겠구나' 축복
해 주었다. 사람의 심성心性은 80%가 어릴 때 엄마의 영향을 받는다
는 것이다.

교실에 도착하니 시간적 여유가 있다. 옥상 의자에 앉아 흩어진 생
각을 정리해 본다. 버스 빈자리가 없어 속으로 투덜대던 일, 양보 없
는 젊은이를 미워했던 일, 아름다운 배려를 보면서 행복했던 여운, 어

른에게 자리를 양보하던 교양 있는 젊은 엄마ー 마음이 이처럼 가볍게 변하던 순간들을 30분간의 버스 안에서 겪었다. 이제는 희로애락喜怒哀樂에서 완전히 벗어나 모두 내려놓았다고 믿었던 몸이 이 30분 안에 처참하게 망가져 버렸다. 스스로 실망하여 실소하고 있는데, 옥상 공원 저 앞에서 호랑이상像이 '아직 멀었구나' 연민의 눈으로 흘겨본다.

지게가 주는 철학

한국인이 읽어야 할 명 수필을 찾아 읽다가 L 교수의 「지게」를 만났다. 읽어보니 아마도 그는 몸소 지게를 힘들게 져 본 일이 없으신 것 같다. 결론부에 '-괴로운 운반 수단이다'라고 되어 있지만, 내용 중에는 지게를 낭만적으로 표현한 구절이 많이 나오기 때문이다. 중2 때 일 년간의 휴학 기간부터 고2까지 오 년간을 반 농사꾼 학생으로 살아 본 나는 아무리 생각해도 지게를 낭만적으로 볼 수가 없다.

학비를 낼 수가 없어 휴학계를 낸 것이 뜰에 귀뚜라미가 처량하게 울어대던 늦가을이었다. 당장 지게를 지고 논에 나가 베어놓은 볏단을 져 들여야 했다. 처음 져 보는 지게는 등에 붙지 않고 따로 놀았다. L 교수의 글에는 '우리 겨레의 정이 배고 피가 도는 물건이다'라고 표현했지만, 등에서 자꾸 미끄러지는 지게는 중2 어린 나에게는 기를 죽이는 절망이었다. 정이 들기보다는 농사꾼의 농기구에 불과했다. 먼 들판에서 아무리 져 날라도 일감은 줄어들지 않았다.

지게는 눈물이었다. 일 년 만에 복학한 뒤에 하루는 학교에서 돌아와 저녁 먹고 산 너머 콩밭에, 농사일을 모르시는 아버지가 낮에 뽑아 놓은 콩을 달빛 아래 져 들여야 했다. 고개 마루를 넘어오다 지게를 받쳐놓고 숨을 고를 때 나는 둥근달을 보며 가난을 울었고, 어린 아들 고생하는 것이 안쓰러워 따라오신 어머니는 저쪽에서 소리 없이 가슴으로 우셨다. 이런 지게를 그 수필에서는 '지게에는 평화로운 휴식이 있다. 나무 그늘에서 지게 위에 잠든 농부의 얼굴이 안락의자에서 잠든 신사의 얼굴보다 평화롭다'고 쓰여 있으니, 지게 지는 사람을 구경만 하지 않으셨나 싶다. 지게 위에 잠든 농부의 얼굴을 잘 살펴보면 아마 눈물 자국이 있었을 것이다.

지게를 지면서 절망하고 눈물을 흘려보면 평생 이렇게 농사꾼으로는 절대 못 살겠다는 결심이 선다. 여기에서 희망이 싹튼다. 어둠이 짙으면 별이 더 빛난다라는 말이 있지 않은가? 한여름 찌는 더위 속에 까맣게 탄 피부로 논에서 피사리를 할 적에 하얀 교복을 깨끗이 차려입은 학생들이 신작로에 하교하는 모습을 보면서 속으로 굳게 결심하였다. 복학만 하면 영어든 수학이든 처음부터 모조리 먹어버리겠다고. 복학한 후에 실제로 모두 외워버리니 뜻은 저절로 따라왔다. 단번에 우등생이 되었다. 선생님의 수필에서 '지게에는 노래가 있다. 한적한 논두렁에서 작대기로 지겟다리를 치며 장단 맞춰 노래 부른다'고 낭만적으로 표현하셨다. 어른들을 따라 먼 산에 나무하러 갔을 때 작대기로 치면서 소릿가락을 흥얼거려 본 일은 서글픈 추억일 뿐이다.

지게는 행운이었다. 지금 생각해 보면 지게가 주는 고생스러운 교훈이 없었다면 젊은 시절을 그렇게 열심히 노력하며 살지는 못했을

것이다. 절망하며 울어가며 그 속에서 희망을 찾아 많은 짐을 지고
왔기에 이제 인생 고개를 넘으면서 후회 없는 오늘을 살 수 있다는
생각이다. 그러기에 '초년 고생은 금을 주고도 못 산다'는 격언이 우
리 곁에서 사랑받고 있지 않을까 싶다.

수염

외삼촌은 언제나 수염을 텁수룩하게 기르고 다니셨다. 파안대소破顏大笑를 잘하시는 얼굴에는 수염 속에서 하얀 이가 가지런히 보였다. 아버지도 50대에 수염을 기르신 적이 있었다. 수염을 기른 아버지는 보다 근엄해 보였고 이는 그 시대 권위를 나타내는 상징이기도 했다. 그때는 어른 앞에서 수염을 기르면 안 되고 안경도 써서는 안 되는 예절이었다. 예절과 생각들도 세월 따라 변하는 모습이다.

어린 시절 어른들의 권위를 나타내는 것이 수염뿐이 아니었다. 사랑에서 긴 담뱃대를 탕탕 터는 소리, '허엄 험' 소리 내는 기침 소리도 어른이 계시다는 신호였고 권위로 느껴졌다. 외출할 때 어른들이 짚는 단장도 양반의 상징이었으며 곱게 다린 모시 두루마기 차림으로 머리에 쓰던 검은 갓도 양반의 권위를 나타내는 것이었다. 어른 앞에 인사를 올릴 때는 안경을 벗고 절을 하던 시절이었다.

세월이 지나면서 수염을 기르는 사람들이 드물고 깨끗이 깎는 모습이다. 대학 초년생일 때 턱에 수염이 꺼끌꺼끌 나오기 시작하면서 어른 앞에 나서기가 불편하였다. 플라스틱 면도기를 구해서 수염을 밀고 나면 한두 군데 상처가 나서 피가 자꾸 흘러 난감했던 기억이 있다. 이런 소소한 일도 숙련기간을 필요로 했다. 요즘은 병원에서 면역력이 떨어진 환자에게 상처 나지 않도록 전기 면도기를 권한다.

서양 사람들은 수염도 턱수염beard, 콧수염mustache등으로 구분하고, 수염을 기르는 것도 각자의 취향에 따른 것이지 싶다. 수염을 기르면 사람의 모습도 변하는 것이다. 은사이신 H 선생님은 수염을 기르고 송년회에 나타난 애제자 '훈'을 몰라보시고 "저게 누구야?" 하고 물으셨다. 연극에서 분장할 때나 죄인이 변장을 할 때는 가짜 수염을 이용하기도 한다. 수염을 기르려면 면도로 밀어버리는 것보다 몇 배 더 정성을 들여야 한다고, 미국에서 공부하신 은사의 말씀을 기억한다. 우리가 누리는 '자유 민주'도 수염처럼 없애기보다 지키기가 더 어려운 것인가 언뜻 생각해 본다.

출퇴근하던 때에는 매일 아침 세날 면도기로 수염을 밀었다. 친구 J 박사는 등산 나오면서 면도한 턱 아래쪽에 털이 한두 가닥 남을 때가 많았다. 그의 느긋한 인생관을 보는 것 같아 웃음이 나오고 마음이 편했다. 전기 면도기로 민 후에 다시 날 면도기로 깨끗이 마감한다는 친구도 있다. 얼마나 숨 막히는 철저함인가. 시간 생활에서 해방된 요즘은 수염을 매일 밀기가 귀찮아서 편한 대로 가끔 면도를 한다.

지금은 지난 시절처럼 어른들의 권위를 수염이나 외모에서 구하는 시기는 지났다. 나이로 어른 노릇을 하려 들면 오히려 '꼰대'라고 비웃음을 사는 세상이다. 젊은이들 스스로 마음속에서 우러나는 존경심이 어른을 만든다. 젊은이들을 인격적으로 대해주고 그들의 말에 귀 기울여주는 겸허한 자세가 자연스러운 존경심을 불러오는 시대이다. 이제 우리 인생은 모두 계급 없는 인격체이고 각자 자신의 색깔로 자기만의 우주를 꾸미며 살아가는 사회이다. 낮은 산도 아름다운 것이다.

-님께 드립니다

       글을 쓰다 보면 책을 내게 되고 책을 내면 연결된 인연들에게 보내게 된다. 처음과 두 번째까지는 수백 권을 부치는 이 작업을 당연한 일로 알고 힘든 줄 모르고 해냈다. 이번에 세 번째 디카시집 『꽃피는 날에』를 우편으로 혹은 직접적으로 배부하는데 나이 탓인지 힘이 들면서 과연 이렇게 하는 것이 잘하는 것인가? 의문을 갖게 된다.

    자기 저서를 보낼 때는 혜존惠存, -님께 -드림, -님께 드립니다, 청람請覽 등의 말을 써서 보낸다. 혜존이라 함은 '받아 간직해 주십시오'란 뜻이라 어찌 보면 실례라는 말을 들었다. 청람('살펴 봐 주십시오'의 뜻)이란 말이 가장 적절한 표현이라 했다. 하지만 나는 우리말로 '-님께 드립니다' 혹은 '-드림'이란 표현을 제일 좋아한다. 여러 권을 일일이 쓰기가 어려워 임의로운 사이에는 '-님께 -드림'이란 고무 도장을 새겨서 쓰고 있다. 그래도 봉투를 마련하고 주소 넣어 보내는 일이 글을 쓰는 만큼 여간 힘든 작업이 아니다.

저서를 낼 때는 보통 800권 이상을 찍어 관계있는 곳에 보냈는데, 이제는 너무 많다는 생각이 든다. 처음에는 받는 이의 이름을 쓸 때면 오랜만에 그와 만나 대화하는 느낌이 들어 반가운 마음에 힘든 줄을 몰랐다. 이번에 디카 시집을 낼 때는 600권을 신청했다. 책이 온 후 4~5일 동안에 400여 권을 우송하면서 혹시 이 책들이 공해가 되지 않을까 살짝 걱정도 되었다. 디지털 시대에 익숙해지면서 사람들이 정신 들여 책을 읽으려 하지 않는 추세라 한다. 더구나 현대시가 난해하게 흐르면서 독자들과 멀어지고 있다. 신춘문예 당선작은 대부분 난해시들인데 일반 독자들은 '연탄재 함부로 발로 차지 마라'(안도현, 「너에게 묻는다」) 같은 쉽고 간단한 시에 환호하지 않는가?

책을 읽는다 해도 방향이 주로 경제나 사회에 관계되는 분야로 치우쳐 있으며 시나 수필 소설 같은 순수문학을 탐독하는 사람들은 그리 많지 않다고 한다. 독자층은 주로 문인들이거나 인생을 어느 정도 살고 난 사람들이 자기 얘기를 남기고 싶어 글을 쓰고 있는 분들이 아닐까 생각된다. 그밖에는 저자와 친분 있는 사람들이 관심으로 책을 열어볼 것이다. 이런 마당에 내 졸저를 지인들에게 모두 보내는 것이 잘하는 처사는 아닌 것 같다. 대학시절 S 학사에서 함께 기거하던 문리대 K 선배 생각이 난다. 내가 그곳 학생들과 방만하게 사귀는 것을 좋아하지 않았다. 그때는 친구를 많이 사귀는 것이 왜 나쁜 것인가? 이해하지 못하였다. 그 선배의 생각은 '친구는 한두 명이면 족하다'는 옛 선비들의 철학이었을 것이라 짐작된다.

젊은 때 친구가 많았다 해도 이제 황혼 앞에 서서 좀 정리하는 것이 맞는다는 생각이다. 어느 따뜻한 봄날에 곱게 떨어져 쌓인 벚꽃들을 보고, 나도 저처럼 아름답고 조용하게 질 수 있으면 좋겠다는 생각을 했다. 이번에 책을 우송하면서 '아직 살아있다'는 안부를 전하는 심정이었다. 앞으로는 책을 4-500권만 뽑아서 진정 기쁘게 받아 볼 곳을 가려서 부쳐야겠다.

외로움

그제 우송한 졸저 시집을 받고 초등학교 동기인 N 교수에게서 전화가 왔다. 은퇴 후 외롭게 지내는 중에 좋은 읽을거리를 보내주어 고맙다는 말과 함께 20세기 일본 작가 다자이 오사무의 '생활이란 쓸쓸함을 견디는 것입니다'(『나의 소소한 일상』 중에서)라는 글을 소개한다. 정호승 시인도 '살아간다는 것은 외로움을 견디는 일이다'(정호승, 「수선화에게」)라고 했다. 외로움의 정체가 도대체 무엇인가?

삼십 대 중반에 전문의 시험 막바지 정리 공부를 청량리 모 호텔에서, 아직 군에 가기 전의 대학 후배들과 함께 했다. 공부하다가 밤에는 거기 호텔 나이트클럽에 가끔 가서 술을 마셨다. 하루는 옆 테이블에서 혼자 쓸쓸히 술을 마시던 젊은 부인이 우리 자리로 와서 마시고 내 방에서 하룻밤을 지내고 가면서, 둘이는 한마디도 오가는 말이 없었다. 내미는 손과 잡는 손이 있었을 뿐이었다. 가슴에 흐르는 외로움이 그리움을 부르고 짝을 부르고 끌어안고 몸부림치게 만들었으리라. 필요한 말은 외로움이 전부 해 주었을 것이라는 생각이다.

외로움에 몸부림치며 살았던 사십 대 초반을 본다. 눈이 푸-욱 쌓인 긴긴 겨울밤 북악北岳에 둘러싸인 평창동 너른 숙소에서 많은 생각과 외로움에 잠이 오지 않았다. 창밖으로 말갛게 떠있는 달을 바라보면서 어린 아들의 기죽은 모습을 그려보며 흐르는 눈물은 소리 없이 발등에 떨어지고 있었다. 주위 호텔 나이트클럽에 나가 자주 술을 마셨지만 외로움은 떠나지 않았다. 이런 때에는 '인생은 누구나 외로운 존재여'라는 생각을 안고 외로움과 친구가 되면서 이불을 턱밑까지 끌어올리고 잠을 청하고는 하였다. 견딘다는 말에는 인내의 고통이 따른다. 외로움은 눈물을 부르고 친구를 부르고 술을 부른다.

노년에 접어들어 외로움에 빠지지 않으려고 읽고 쓰는 것을 시작한 것이 이제는 너무 재미있어 서재에서 살다시피 한다. 글을 읽고 있으면 아무것에도 의존하지 않는 존재의 기쁨을 내 안에서 느낄 수 있다. 마누라는 혼자서 가끔 외로움을 타는 것 같다. "여-보 뭐-해" 콧소리로 다가올 때는 거실로 나가 차를 마시는 시간으로 분위기를 잡는다. '우리 그이는 혼자서도 잘 놀아요' 하던 아내도 그림 교실에 나가면서 외로움을 즐거운 일상으로 바꾸었다. 은퇴 후에도 제2의 인생을 살아야 하는 현실에서 유소년 시절에 꿈꾸던 일, 하고 싶어도 못 했던 일을 차분하게 시작하는 것이다. 아주 잘하려고 할 필요도 없다. 즐기면서 하면 그만이다.

외로움은 혼자가 되었다고 느낄 때 찾아와서 마음을 단순하게 만들어 준다. 노년에는 젊은 시절의 일과 꿈에서 멀어지면서 외로운 일상에 빠지기 쉽다. 어느 여름날 동네 느티나무 아래 쉬고 있을 때 새로 이사 내려왔다는 허연 노인이 다가와 '외로워서 큰일'이라며 긴 한숨을 내쉬던 기억이 잊히지 않는다. 문학 교실에 들어와 글을 쓰며 문우들과 어울려 지내는 일상이 일과 친구를 동시에 풀어주니 외롭지 않다. 젊은 시절에 외로움에 흠뻑 젖어 면역이 되었음인지, 쓸쓸한 노래도 즐거운 귀로 들을 수 있는 나이가 된 때문인지 이제는 벗어난 느낌이다. 외로움도 마음을 비우고 받아들이면 슬그머니 친구가 되는 버릇이 있는 듯하다.

충청도 어투語套

　　친구가 보내준 카톡을 열어보니 충청도 말투에 대한 내용이었다. 모 방송국 논설위원을 지내신 A라는 분이 낸 책 내용에 대한 대담이다. 중·고등학교 시절에 고향인 충청도 공주에서 농사일을 할 줄 모르는 아버지는 머슴을 두고 농사를 지었다. 이 머슴은 무슨 일을 시키면 '예, 아니요'를 확실하게 대답하지 않고 "야 +" "야 -" 식으로 발음을 올리기도 하고 내리기도 하면 그만이었다. 그러겠다는 것인지 아니라는 뜻인지 알 수가 없어 무척 답답했다.

　　대담에서 A 님은, '예, 아니요'를 확실하게 하지 않는 충청도 말투를 '숙성된 말'이라 했다. 이런 말은 서로의 관계를 해치지 않고 말로 실수하지 않는다는 것이다. 대답할 때 '괜찮유' '어지간 해유'라 하면 무슨 뜻인지 도통 짐작을 할 수 없으니 실수할 일이 없다고, '돌아가셨다'는 말을 '숟가락 놓았다'고 하는 말이 해학적이고 정겹다고 말한다. 남을 때릴 때도 웃고 맞을 때도 웃으며 "때리느라 팔 아프겠슈"라는 충청도 말투는 친근감까지 들지 않느냐고. 하지만 선거 때 여론조사가 불가능하다는 충청도 말투를 과연 바람직하게 만 볼 수 있을까?

판단력을 세우고 정의감에 불타던 고교 시절에는 이런 충청도 말투를 스스로 미워하고 경멸까지 했었다. '예, 아니요'를 확실하게 말하지 못하는 것은 비겁한 일이며 남을 속이려는 마음이 있기 때문이라 생각했다. 고향 지방의 우유부단한 말투에 대하여 한동안 골똘히 생각해 본 적이 있다. 그때 속으로 내린 결론은, 삼국시대부터 내려오는 생존본능에서 찾았다. 끊임없이 영토 싸움을 하던 삼국시대에 충청도는 자고 나면 백제가 되고 신라가 되니, 아침에 일어나 잠결에 대답을 잘못하면 금방 목이 달아나는 시대를 살았던 것이다. 잠을 깨면서 상대를 관찰하고 어느 쪽인지 파악도 하고 나서 신중히 대답해야 되니 확실하게 말할 수가 있겠는가 싶었다.

삼국시대로부터 내려와 습관이 된 언어라 이해하니 이미 유전자까지 변해 있을 듯하여 충청도 말투를 그렇게 미워하던 생각은 없어졌다. 그들의 성품은 우직하다는 것도 알았다. 서울에서 공부하면서 자기 생각을 똑똑하고 알아듣기 쉬운 표준말로 표현하려고 노력해 왔다. 지금은 충청도 말씨에 서울 말투를 섞어 놓으니 생활하는 데 아무런 불편이 없다. 그럼에도 내 친구는 가끔 불평한다. 충청도 식으로 내가 의뭉하다고. 생각해 봐도 내 마음의 바탕에 침묵을 사랑할 뿐 결코 누구에게 희미하게 얼버무릴 생각은 추호도 없다. 오히려 '일본의 버르장머리를 고쳐 놓겠다'라고 외교적 실언을 했던 모 대통령처럼 말실수하지 않을 것 같아 다행이라 여긴다.

외교관이나 사업가는 모호한 말을 해야 유리하다고 한다. '고려해 보겠다' 하면 No라는 뜻인데 한국 사람들은 Yes로 받으면서 늘 손해를 보고 있다고. 현대 사회에서는 확실한 말이 오히려 손해를 본다는 것이다. 그렇다면 충청도 말투가 제격이 아닌가. 충청도 말이 느리다고 하지만 급할 때는 "개 혀?"라고 최첨단의 말도 할 수 있으니, 예측불허의 이 시대를 살아가기에는 아주 적합한 어투語套가 아닐까 싶다.

쓸데없는 걱정

서울에서 돌아오는 전철에서 휴대폰을 열어보니 메시지가 하나 와 있다. 선배 문우이신 K 선생님이 보낸 글이다. 내 시집을 읽으면서 「사랑하게 하소서」를 인상 깊게 읽었다고 한다. 처음에 이 시를 쓰려고 할 때는 「쓸데없는 걱정」이란 제목으로, 시인들이 길거리 걸인이나 노숙자들을 대상으로 정말 쓸데없는 동정을 시로 쓰면서 생색을 내려는 무책임한 짓을 질타하려고 했었다. 그러다 자신을 돌아보니 그럴 자격이 없다는 것을 깨닫고 방향을 바꾸어 '사랑하게 하소서'- 눈물을 흘리면서 나 자신에게 쓴 시였다.

대학 시절에 사랑하던 여학생과 남산으로 산책을 갔었다. 내려오는 길에 조그만 깡통을 앞에 놓고 엎드려 구걸하는 남루한 젊은 걸인을 보았다. 주머니에서 돈을 꺼내주려 하는데 그녀가 얼른 말렸다. 젊은이가 노력하면 살 텐데 그렇게 도와주면 버릇된다는 뜻이었다. 그때는 그 말이 일리가 있다고 여겼다. 그녀의 가정은 부유했기에 가난한 사람의 사정을 잘 몰랐으리라. 어쩌면 '당신도 가난한 형편에 무슨 동정인가'라고 생각했을 수도 있다. 데이트 중에도 비용이 좀 들면 굳이 자신이 내겠다고 우기면서 고학생이던 내 형편을 살펴 주었으니까. 사회인이 되어서도 지하도 계단이나 전철 안에서 걸인들을 볼 때면 그녀의 말이 생각나서 주저하고 망설였다.

　나이 들어 이 사회를 살 만큼 산 요즘에는 구걸하는 그들에겐 설명할 수 없는 절박한 사정이 있으리라 생각한다. 시인들의 노래는 조금도 그들에게 실질적 도움이 되지 않는 동정에 불과하다고 여겨진다. 무슨 좋은 일이라고 저러고 싶은 사람이 어디 있겠는가. 어저께는 중학 동창 송년회에 가는데 대머리 벗어진 하얀 할배가 전철 계단에서 동전 몇 푼 들어 있는 모자를 앞에 놓고 차가운 시멘트 바닥에 머리를 대고 있었다. 분명 얼굴 들기가 창피하다고 느끼는 모양이었다. 사람들 뜸한 틈을 타서 새 지폐로 골라 모자에 넣었다. '감사합니다' 작은 목소리가 금방 들려왔다. 밥 한번 배불리 먹기를 애타게 기다렸는지도 모른다.

　'가난은 나라님도 구제할 수 없다'라는 말이 있다. 산에 나무들이 서로 어우러져 아름다운 숲을 이루듯이 우리도 수직 수평 관계를 인정하면서, 실질적으로 도움이 되는 복지정책을 확충해 나가야 살기 좋은 사회가 될 것이다. 한여름 가뭄에 비탈에 선 나무가 한 방울의 물이 아쉬운 것처럼 걸인이나 노숙자에게는 당장 필요한 금전적 도움이 필요할 터이다. 한가하게 시구詩句로 동정하는 시인들을 보면, 그들이 스스로 일어나기를 바라며 남산에서 말렸던 여학생과 다를 바가 없다는 생각이 든다.

누구나 동정을 노래하지만 동정에는 멸시의 눈이 숨겨져 있다고 한다. 쓸데없는 걱정을 하는 이 시인들을 비난하려다 생각해 보니, 자신부터 부끄러워서 기도하는 심정으로 '-있는 그대로를 사랑하게 하시고-/ 그들이 사랑을 안고 별을 보게 하소서' 울면서 시를 마무리했던 기억이다.

가을 남자 이동원

　　월요일 저녁에 즐겨보는 〈가요무대〉이다. 진행 중에 최근에 작고한 가수들의 노래를 불러주는 시간이었다. 한참 재미있게 보는데 이게 웬일인가! 이동원의 〈이별 노래〉가 나오고 지난달 14일에 영면 永眠했다는 것이 아닌가. 요즘처럼 노래가 유행을 타는 시기에 행적이 너무 조용해서 궁금하던 차였다. 언제나 쓸쓸한 가을 남자를 연상케 하는 그를 만나게 된 것은 이태원의 생음악 카페 '가을'에서 였다.

　　장소 불문 주량 불사로 유명하다는 술집은 어디서나 찾아다니며 퍼마시던 8~90년대였다. 간장을 녹이는 색소폰 소리가 끊임없이 흘러나오는 카페에서 집안 조카 P를 만났다. P는 함께 술 마시던 가수 이동원을 소개해 주었다. 유복한 집안의 조카는 그 아들들의 결혼식에 이동원이 시골 전원주택에까지 내려와서 축가를 불러주는 것을 볼 때 서로 가까운 사이인 것 같았다. 그 후 '가을'에 갈 때마다 이 가을 남자는 혼자서 카운터에 앉아 외롭게 마시고 있었다. 자주 만나면서, 성악가 박인수와 함께 부른 〈향수〉에서 "당신의 목소리가 너무 작아 상대방의 소리에 묻힌다"라고 귀띔해 줄 정도로 가까워졌다. 그 뒤에 노래를 들어보니 교정된 느낌이었다.

어느 밤에는 둘이 술을 마신 뒤 과천 그의 집으로 가는 길에 날 데려다준다고 운전하여 우리 아파트 앞에 내려준 일이 있었는데, 우리 집을 어떻게 알았는지 지금도 수수께끼이다. 별로 말이 없이 카운터에서 쓸쓸하게 마시는 그는 항상 외상이었고, 주인 여사장도 외상을 주면서도 유명인이 온다는 효과를 보는 것 같았다. 노래는 인기가 많았지만 요즘의 가수들처럼 경제적으로 넉넉해 보이지는 않았다. 한번은 내가 그의 외상값을 모두 갚아 주겠다고 얼마냐고 물었더니 여사장은 너무 많다고, 계산도 해주지 않았다. 얼마 뒤에 사장은 이 카페를 정리하고 충주호 주변 아름다운 자연 속에 민박 시설을 운영한다는 소문을 들었다.

가수는 갔어도 TV 화면에는 그의 〈이별 노래〉가 한창이다. '떠나는 그대/ 조금만 더 늦게 떠나 준다면/ 그대 떠난 뒤에도/ 내 그대를 사랑하기에 아직 늦지 않으리-' 가수 이동원을 상징하는 기타를 들고 양하영이 부른다. 소리 없이 눈물이 흐르고 가슴에도 흥건하다. 정호승 시인에게 가사를 허락 받고, 작곡가 최종혁에게 의뢰하여 오래 걸려 노래를 만들어 부르는 것이다. 노래는 계속된다. '그대 떠나는 곳/ 내 먼저 떠나가서/ 그대의 뒷모습에 깔리는 /노을이 되리니-' 그는 시詩에 곡을 붙여 노래를 불렀다. 정호승(「이별 노래」) 정지용(「향수」) 고은(「가을 편지」) 그리고 「또 기다리는 편지」 「봄길」 「내 사람이여」 「귀천」 「비는 내리는데」 등 서정적 가사를 담은 노래- 가을에

관한 노래를 주로 불러 슬픈 낭만을 우리에게 안겨 주었다.

「향수」도 정지용의 시에, 힘들다고 거절하는 김희갑 작곡가를 찾아가 끈질기게 설득하여 만들어진 것이라 들었다. 이 노래를 부르면서 자신도 아름답고 조용한 시골을 동경하였음인지 시인 정지용의 고향 충북 옥천에 스튜디오 겸 집을 마련하기 위해 큰돈을 들였다가 실패한 일이 있었다고 한다. 그 후 오십 대 초반부터는 경북 청도에 살았는데 「향수」 속 이미지를 찾다가 여기에 터를 잡게 되었다는 것이다. 생활고를 겪으면서도 나이트클럽이나 밤 업소에 출연하지 않고 가수는 공연과 음반 활동으로만 돈을 벌어야 한다는 지조를 지켰다. 카페에서도 이따금 손님들의 요청으로 노래할 때 엉뚱한 노래를 하는 걸 보면 자신의 노래는 아껴둔다는 생각이 들었다. 이북에서 월남한 부모에게서 부산 피란 시절에 출생한 그는 늦게 발견한 식도암을 이기지 못하고 향년 70세로 이승을 마감했다.

최근에 투병 생활을 돕기 위해 가까운 인사들이(방송인 정덕희, 가수 조영남 김도향 임희숙 윤형주 등) '후원 음악회'를 준비하고 있었다. 하지만 갑자기 타계하는 바람에 '추모 음악회'로 바꿔서 장례비와 기념사업에 사용할 것이라 한다. 남원에서 친구 전유성(개그맨)의 임종 하에 떠났다는 그의 음악은 시와 대중 음악의 접목으로 '대중 음악의 고급화'와, 성악가와의 협연으로 '클래식의 대중화'라는 의미를 세워 주었다. 이제 가수는 떠났지만 노래는 영원히 음파를 타고 흐를 것이다. 그래서 예술은 길다고 하지 않았을까. 아마도 하늘나라에서 사냥 모자를 쓴 그가 특유의 빙긋 웃는 얼굴로 내려다볼 것 같다.

차茶의 정서

저녁 시간에는 아내와 함께 거실 의자에 앉아 TV에서 나오는 트로트를 본다. 아홉 시 좀 넘으면 한 문우님이 전해주신 차를 마시는데 그 녹차, 꽃차에서 향이 나는 것은 처음 경험한다. 전에는 향이 난다는 말만 들었지 밍밍할 뿐이었는데 이 차는 잘 만든 고급품인가 보다. 저녁이라 커피는 피하고(녹차에도 소량의 카페인 있음) 때에 따라 생강차 대추차 레몬차 등도 마신다. 우리 정서에 맞는 트로트 노래를 들으며 차를 마시면 마음이 차분히 가라앉고 행복한 시간을 살고 있다는 감정에 젖어 든다.

젊은 시절에는 이런 시간이 없었다. 대개는 밖에서 친구들과 어울려 술 마시는 일상이었고, 떠들썩한 모임에 여유 없는 인생은 술과 함께 비틀거리며 세월 가는 줄 모르고 살아왔다. 이제 나이 들어 생활이 바뀌니 술 대신에 차를 마신다. 차를 마시면 마음을 진정시키고 기분을 안정시켜 잡념을 없앤다.

다도茶道는 최초에 중국에서 기원하였다 한다. 당, 송간에 형성된다도는 남송 소희 2년에 일본 승려인 영서榮西가 차 씨를 가져가 일본에서 귀한 생활 문화가 된다. 우리나라에서는 미국의 영향인지 커피를 많이 마시고 중국이나 일본처럼 다도를 그다지 중요하게 여기는 것 같지 않다. 하지만 혀끝에 감기는 차의 향기는 커피에서는 찾아볼 수 없는 맛이다. 녹차 선물로 우연히 다도 근처에 닿게 되어 마치 산사山寺에 앉아있는 느낌으로 내성 수행內省 修行의 시간을 맛보게 된 것은 행운이지 싶다.

세월이 흘러, 남에게 뒤지지 않으려고 앞만 보고 달리며 난 체하던 젊은 날이 하늘에 흐르는 저 구름처럼 덧없이 보이는 나이가 되었다. 천천히 산책하면서 조용한 길가의 찻집에 가끔 들르며 산다. 찻잔을 왼손에 받쳐 들고 오른손으로 돌려 마시는 다도가 아니더라도 고독한 분위기는 사색하기 좋은 조건이 된다. 창 넓은 카페에서 조용히 찻잔을 앞에 놓고, 예쁜 개인 주택들과 그 위로 눈이 시리도록 파란 하늘을 바라보면 옛날 친구들이 생각난다. 함께 어울려 등산 다니던 일, 돈 없이 무작정 바닷가로 무전여행 떠나던 학생 시절, 티 없이 맑은 우정으로 속마음을 주고받던 일들이 그리움으로 달려온다. 사랑하던 여인을 떠나보내고 청춘을 방황하던 슬픔은 이제 가난한 낭만으로 잠긴다.

왕성한 활동을 하던 날들은 이제 다 지나고 조용히 차를 마시는 계절이 된 것이다. 차를 마시는 다도란 무엇인가? 여러 말씀이 있지만 중국의 주작인周作人 선생은 '바쁜 와중에 한가로움을 찾고 고달픔 속에 기쁨을 찾는 것으로 불완전한 현실 속에서 아름다움과 조화로움을 향수享受하면서 찰나에 영원함을 체험하는 것이다'라고 했다. 이 말씀은 겨우 차를 알게 된 내게도 어렴풋한 위안이 된다. 생각해 보니 차를 마시는 다도는 우리에게 행복을 주고 그리움과 낭만을 주고 또 모진 세상을 살아가는데 위로와 희망을 준다. 차茶는 희로애락의 파도타기를 하며 살아가는 인생에서 가끔 나를 돌아보는 마음의 길동무가 된다는 생각이다.

계간 『문파』 2021, 가을호

우리를 받아줄 곳은 없나요

어떤 나라에 살고 싶은가? 자기 능력을 마음껏 발휘할 수 있고 그만큼 대우도 받을 수 있는 사회가 보장된 나라에 살고 싶은 것이다. 이 지구상에 그런 나라가 어디에 있을까? 방학을 틈타 손녀가 왔기에 오랜만에 영화 한 편을 보러 갔다. 요즘 개봉한 〈웨스트 사이드 스토리West Side Story〉이다. 코로나 시대답게 영화관 분위기는 썰렁하고 자리는 많이 비어있었다.

줄거리는 1957년 뉴욕 맨해튼 슬럼가에서 앙숙 관계인 두 갱단 사이에 벌어지는 살벌한 싸움 가운데 사랑을 꽃피우는 러브 스토리를 그린 뮤지컬 영화라고 평評한다. 현란한 단체 춤과 중간중간에 힘차게 뻗어 나오는 음악 소리에 시선을 뺏기지만, 문득 이들이 왜 이렇게 싸우고 있는지에 생각이 이르면 계속 웃을 수만은 없다. 스페인 식민지로 400년을 살았던 푸에르토리코*로부터 온 이민자들과 이들을 무시하고 인정하지 않으려는 백인들과의 인종 갈등이 밑바탕에 깔려 있기 때문이다. 이들의 언쟁 중에 "네 나라로 꺼져!"라며 스페인어로 말하는 푸에르토리코인에게 "영어로 말해라, 영어로"라고 소리치는 백인들의 호통을 보면 지구상에 가장 모범적인 민주국가라는 미국이 맞나 생각이 든다.

대학을 졸업하던 60년대 중반 무렵의 우리나라를 생각했다. 그때 의대를 졸업하고 인턴이 되면 월급이 500원이었다. 친구 결혼식에 가서 축의금 한 번 내면 끝이었다. 미국에 건너가서 인턴을 하면 충분한 생활급이 나왔다. 우리 동기생 중에 2/3가 건너가서 꿈을 이루었다. 그때 한국은 희망이 없어 보였다. 그런 미국에서 근래에 들려오는 소식은 황인종을 향한 무차별 테러 소식이었다. 동기인 S 교수가 전하는 메일에서도 각별히 조심하며 살고 있다고 한다. 우리가 선진국 문턱에 다가서는 동안, 민주주의 종주국으로 우리가 본받아야 할 나라로 알던 미국이 어찌 이런 인종 갈등을 졸업하지 못하는가.

불안과 혼돈으로 방황하는 세상에서 아늑한 보금자리는 없는가? 독일에서도, 정부 장학금을 받으며 공부했던 큰딸은 '우리도 못 받는 장학금을 왜 너 같은 외국인이 받느냐'라는 시샘으로 많이 시달렸다고 한다. 우리나라는 단일 민족이라 인종 갈등은 없지만 고질적인 우리 민족의 특성인 분열과 파당 싸움이 언제나 나라를 망친다. 지금은 공산주의와 자본주의 사이에서 이념 갈등을 겪는 중이다. 민족과 이념이 개인의 자유와 인권보다 우선이라는 자는 누구인가? 우리는 통일도 좋고 못사는 북한 주민을 도와주는 것도 좋으나 인격이 존중받는 민주국가로 남아야 하지 않을까.

영화는 계속 돌아간다. 인종 갈등과 목숨을 건 싸움 중에 그들의 우상이던 복싱 챔피언 베르나르도가 미국 갱단에게 칼 맞아 죽으면서, 하얀 고수머리의 푸에르토리코 출신인 온화한 가게 주인 할머니의 기도 같은 노래가** 영화 종반부에 가슴을 울린다. "우리를 받아줄 곳은 없나요? 우리를 품어줄 날은 언제인가요?" 나직한 음성으로 이어진다. "우리를 위한 세상이 어디 있을 거야" "세상은 빛으로 가득하네" 희망을 노래하며 막을 내린다. 아무것도 없는 사람들이 허공에 대고 하는 이 조용한 절규가 지구촌을 방황하며 억압받는 수많은 이들을 대변하는 듯하여, 이 영화를 갑자기 명화로 만든다는 느낌이 들었다.

---

* 푸에르토리코는 중미 카리브해 서인도제도의 인구 400만의 작은 섬이다. 현재는 (국방, 외교, 통화를 제외한) 미국 자치령이 되어 있으나, 미국 시민권은 있고 선거권은 없다고 한다.

** 가게 할머니의 노래 〈Somewhere〉의 가사는 아래와 같다.
…Someday, somewhere
We'll find a new way of living
We'll find a way of forgiving
Somewhere
There's a place for us …
(이를 본문에선 한국어로 번역함)

오후에는 둘레길을 천천히 걷는데 산수유 노란 꽃씨가 마른 가지 끝에서 쌀알처럼 솟아나고 멀리서 산비둘기는 '구-국 구국' 봄날의 사랑을 간절하게 부르고 있다.

– 「봄이 와요」 중에서

2부
낙엽을
밟으며

봄이 와요

입춘이 지나고 며칠이 지났건만 영하를 넘나드는 추위는 마지막 기승을 부리나 보다. 잔설이 남아 겨울빛이 채 가시지도 않은 채 정원에서 봄 냄새가 난다. 창밖으로 보이는 나뭇가지들도 겨울을 견뎌 내고 몸을 털며 일어선다. 봄은 생명이요 희망이다. 바이러스와 어려운 경제로 꽁꽁 얼었던 마음도 풀리면서 우리들의 봄날이 하루 속히 와 주었으면 하는 소망이 간절하다.

따스한 봄볕이 거실에 들어와 겨우내 썰렁하던 뱅갈고무나무와 용설란 화분 위에 앉아 다정하게 다독이고 있다. 마스크를 챙겨 밖으로 나서보니 영산홍 작은 잎새들이 파랗게 고개를 들기 시작한다. 길가에는 아직도 하얗게 쌓인 눈 속에 노란 복수초 한 무더기가 고고하게 피어 있다. 추운 날씨에도 초연하게 피어 있는 모습이 너무도 아름다워 꽃말을 찾아보니 '영원한 사랑'이다. 먹으면 독이 있다하니, 사랑에는 독이 있으니 항상 조심하라, 일러주는 듯하다. 천천히 눈길을 걷는데 어린 시절의 봄날이 찾아온다. 초등학교 국어 교과서에서 '서울의 봄은 눈 속에서 온다'는 글을 읽을 때 서울은 신선들이 사는 별천지인 줄 알았다. 신비스러운 동화의 나라인 줄 알았다. 농촌의 봄은 청보리밭 위로 피어오르는 아지랑이와 함께 앞 산자락을 덮은 안개 속에서 멧비둘기 울음소리와 함께 오곤 했었다.

세월은 가물에 콩 나듯 다니는 서울행 버스로 나를 서울에 데려다 주었다. 비포장도로를 3시간이나 춤추며 달리는 버스는 언제나 서서 가야 하는 입석이었다. 청년에서 노년에 이르기까지의 서울 생활에 봄은 없었다. 복잡하고 낯선 서울 거리에서, 치솟은 아파트 숲에서 봄은 보이지 않았다. 불혹不惑을 훨씬 넘겨 등산을 시작하면서 산에서나 겨우 봄을 한 번씩 만날 수 있었다. 3~4월의 진달래 철쭉도 산에나 가야 볼 수 있었다. 오월의 티 없이 파란 하늘 아래 연둣빛 잎사귀들이 맑은 햇살과 춤을 출 때 산에서 가슴으로 마시는 봄은 폐 속까지 씻어내는 삶의 기쁨이었다. 대학 때부터 만들어진 친목 산우회는 이순耳順을 넘어서도 산에서 계속 꽃을 피웠다. 고희古稀를 지나면서 기력들도 빠지고 작고하는 친구도 있어 등산은 당구로 바뀌었다.

오늘 아침에는 거실에서 아침 체조를 하는데 사람들이 삼삼오오 무리 지어 앞길로 지나가는 것이 보인다. 마음에 없으면 봐도 보이지 않는다더니, 이제 보니 배낭을 메고 등산 지팡이 짚고 기운차게 걷는 것이 옆의 산으로 가는 등산객들이다. 나는 갑자기 행복해지기 시작한다. 관악산으로 등산 다닐 때 산 밑에 살면서 산속의 숲길을 눈 아래 바라보며 자기 집 뜰처럼 사는 사람들이 얼마나 부러웠던가. 일을 정리하고 서울 근교로 자연을 찾아 내려온 지가 10년 가깝지만 우리

집 앞길로 등산객들이 이렇게 다닐 줄은 몰랐다. 봄이 보이기 시작하면서 산으로 가는 사람들 덕분에 행복한 봄을 맞게 되었다. 겨울이 지나면 어김없이 봄이 오고 산에 올라 숲속을 거닐 때면 온갖 근심과 걱정이 사라진다. "자연은 신이다"라고 누가 한 말에 수긍이 간다.

지난날 의업에 열심히 임했던 것도 보람이었지만 생生의 끝자락에는 아무 일에도 매이지 않고 한 오 년 이상은 취미생활로 자유롭게 살다 갔으면 하는 바람이 있었다. 신병身病을 주셨기에 일에 중독되었던 일상에서 벗어나 그 소원이 이루어진 것이다. 질병은 삶에서 무엇이 중요한지를 가르쳐 준다. 이제 산수를 넘기면서 찾아오는 계절 속의 봄은 더욱 귀하고 애틋하게 안겨 온다. 오후에는 둘레길을 천천히 걷는데 산수유 노란 꽃씨가 마른 가지 끝에서 쌀알처럼 솟아나고 멀리서 산비둘기는 '구-국 구국' 봄날의 사랑을 간절하게 부르고 있다. 광교산 자락의 용인 땅이지만 고향의 꿈길을 헤매게 한다.

안개

입춘이 지나면서 앞산에 안개 끼는 날이 많아졌다. 침대에서 일어나 뿌연 안개가 자욱하게 내려앉은 산자락을 보면 신비스럽고 푸근하다. 우리 인간들의 복잡한 속내를 모두 덮어버리는 모습이다. 최선의 선善을 놓고 경쟁하는 아름다운 모습이 아니라 나의 주장을 관철하기 위하여 상대를 괴멸하려는 인간의 허물을 인자하게 덮어 주는 신의 손길 같다. 아침에 일어나 커튼을 걷고 희뿌연 안개를 바라보면 살면서 느꼈던 안개에 대한 기억들이 마구 달려온다.

어렸을 적 시골에서는 이른 아침에 앞치마에 손 씻으며 웃고 나오는 어머니의 자애로운 얼굴이 안개 속에서 나타나곤 했다. 안개는 아버지께 야단맞을 때 살포시 가려주던 어머니의 치맛자락이다. 새벽 하늘에 별들이 돌아갈 무렵 안개가 걷히면서 논둑 위에 송아지가 '음매-애' 하고 어미 찾아 올 때면 고향마을은 한없이 평화로웠다. 6·25로 금강 다리가 끊어져 배로 강을 건너 등교할 때 사공이 노 저으며 안개 속에서 나타나면 그렇게 반가울 수가 없었다. 걸어서 학교 갈 때 산등성이에 늑대 떼가 나타나곤 했었다. 개를 보는 듯 무섭지 않았던 것은 안개가 다정하게 감싸주었기 때문이었을 게다.

가족과 함께 여기저기 차를 몰고 다니면서 하루 이틀씩 자고 다니던 여행이 많았다. 한계령의 산속 모텔에서 자던 날 아침에 숙소 밑으로 온 산이 짙은 안개에 뿌옇게 덮였을 때의 감동적인 느낌을 잊을 수가 없다. 태백산맥의 높은 산 준령들을 안개로 덮은 장엄한 모습이 마치 선녀와 나무꾼이 만나는 신비스러운 전설인 듯, 인간의 잡다한 흔적들이 모두 사라진 태초의 지구인 듯 경외스러운 신의 영령英靈을 만나고 있었다. 이럴 때는 지금껏 살면서 잘못한 일이 없는지 돌아보면서 옷깃을 여미게 되는 연약한 인간이다. 이것이 神의 존재 이유인지도 모른다.

윤동주 시인은 그의 詩「안개」에서 "신의 옷자락인 양 추운 내 영혼을 감싸주는 것"이라고 사랑의 포근함을 비유했다.「흐르는 거리」에서는 "안개 속에 잠긴 거리는 가련한 많은 사람을 싣고서 끝없이 흐른다"라고 일제 강점기를 한탄했다. 안개를 어둠으로도 암시했고 포근한 손길로도 표현한 것이다. 가수 현미는 노래 〈밤안개〉에서 밤안개가 가득한 쓸쓸한 밤거리에서 임 그림자를 찾아 헤맨다며 낭만적인 안개를 노래했다. 어저께 TV에서 팔십이 넘은 연세에 넘치는 성량으로 노래 부르는 그분의 모습을 보면서 한강 언덕의 안개 낀 카페에 명랑한 얼굴로 나타나던 옛날이 새로웠다.

안개도 사람에 따라 느끼는 형상이 이렇게 다르다. 용인 수지로 이사 온 후로는 전에 잘 다니던 국내 여행을 잘 다니지 않는다. 사는 동네가 산 밑이니 산을 좋아하는 내가 굳이 짐 싸서 떠날 필요가 없기 때문이다. 오늘도 느지막이 일어나 창밖에 조용히 내려앉은 안개가 공원을 덮고 멀리 산자락까지 이어지는 풍경을 보면서 행복한 기지개를 켠다. 수평선으로 멀어지는 푸른 바다를 보는 것처럼, 어머니의 따뜻한 손길처럼 아늑한 안개 속에서 봄이 오는 소리를 듣는다.

계간 『문파』 2020, 겨울호

가지치기

거실과 베란다에 있는 화분 몇 개가 집안 분위기를 아늑하게 만들어 준다. 매주 일요일에 물을 주는데 베란다에 있는 것들은 내 담당이고 거실에 들여놓은 키 큰 뱅갈고무나무 등은 아내가 직접 주겠다고 한다. 화분 중에는 용설란과 관음죽들 사이에 뱅갈고무나무가 두 그루인데, 다른 것들은 조용한 반면 이 고무나무들은 너무 잘 자라서 걱정이다. 어저께 용기를 내어 가지치기를 했는데 오늘 거실에 앉아 바라보니 깨끗이 이발한 잘생긴 청년을 보는 듯 마음까지 맑아진다.

팔 년 전 여기 용인으로 이사 올 때 양재동 단골 화원에서 가져온 이 고무나무는 80cm 길이의 연한 베이지색 화분에 심겨 귀공자처럼 길쭉하게 생겼고 나무는 내 키를 넘는다. 천방지축 철 모르고 자라는 이 나무의 가지치기를 하자니 아무 기초지식도 없이 함부로 자를 수가 없어 작년에는 긴 가지 두세 개만 잘랐다. 잘라 낸 자리에서 하얀 물이 뚝뚝 떨어지는 것이 마치 '왜 잘 알지도 못하면서 함부로 자르시나요' 하고 눈물로 항의하는 것 같았다. 은근히 걱정되어 꼿꼿이 자격증이 있는 아내의 눈치를 보았더니 아무 말이 없기에 안심이 되었었다.

　가지치기란 식물의 겉모양을 고르게 하고 웃자람을 막으며 곁가지를 자르고 다듬는 일이다. 엊그제 수북하게 자란 고무나무 가지들이 복더위 날씨에 가슴까지 답답하게 막아서기에 용기를 내어 많이 자란 가지들을 듬뿍 잘라냈다. 집안에 쌓여 있던 쓸데없는 고물을 모두 내다 버린 듯 개운하게 정리된 느낌이다. 나무 가지들은 너무 웃자라도 답답하고 너무 짧아도 보기 싫어 적당한 정도를 유지하는 것이 아름답다. 사람도 한쪽으로 치우침이 없이 중용지도中庸之道를 지키며 사는 것이 아름답지 않던가. 어려서 한문을 배울 때 "중용의 도를 지키기란 맨발로 시퍼런 칼날 위에 올라서는 것만큼 어렵다"라던 아버님 말씀이, 인생도 편견偏見 없이 바른길로　살아가기가 그만큼 힘들다는 뜻일 게다.

　아파트 정원이나 거실 창밖으로 보이는 공원의 소나무들도 가지가 한창 보기 좋게 왕성한 때에 정원사들이 와서 가지치기를 하면서 아주 짧게 잘라 버린다. 짧게 잘려 앙상한 가지만 남은 소나무들이 내 눈에는 마치 가진 것 모두 빼앗기고 빈손으로 돌아온 친구처럼 처량하고 불쌍하게 보인다. 하지만 알고 보면 이는 앞으로 더 건강하게 살아가기 위해 덜어내는 일인 것이다. 사람도 수시로 자신을 반성하며 살아가는 삶이 마음의 가지치기이며, 어린이들이 반듯하게 자라도록 가르치는 것도 교육의 가지치기가 아닐까? 하지만 아무나 할 수 있는 것이 아니다. 전문지식이 있는 정원사가 필요하고 교육자가 요구되는 것이다. 한 분야의 전문지식에 해박한 대학의 교수보다 자라나는 어린이들을 가지치기하면서 전인교육全人教育하는 초등학교 교사가 나는 더 중요하다고 생각한다.

중학교에 입학했을 때 형의 그늘로 반장이 되었고 '공부 잘하는 학생의 동생'이라는 담임선생의 소개에 우쭐하여 질이 안 좋은 친구들을 사귀며 저녁마다 길거리를 천방지축 헤매고 다녔다. 공부와는 담을 쌓은 상태였다. 이 무렵에, 한 해 휴학하고 아버지가 한문을 가르쳐 주시면서 삶의 도리를 일깨워 주셨다. 나에게도 관심을 갖고 마음을 써 주는 어른이 있다는 사실이 확실한 희망을 심어 주었다. 농사일하며 주경야독晝耕夜讀의 고생을 하고 나서 복학한 후에는 단번에 성적이 뛰어올랐고 더불어 살아가는 삶의 길을 알게 되었다. 이것은 아버지가 내 인생의 웃자람을 막고 잘못 자라는 곁가지를 가지치기해 주신 것이 아닌가? 오늘은 대담하게 잘라낸 뱅갈고무나무 두 그루의 말쑥한 모습에서, 생각 없이 웃자라던 어린 시절을 반추해 본다. 시원한 거실 안락의자에 앉아 가지치기를 아주 잘했다는 흐뭇한 생각에 단정해진 고무나무들을 보고 또 본다.

『계간수필』 2021, 겨울호, 1차 천료작

낙엽을 밟으며

가을이다. 모두가 그리워지는, 누구나 외로워지는 계절이다. 4층에서 내다보면 앞쪽 공원에도 옆에 베란다 넓은 창으로도 온통 총천연색으로 물들어 있다. 내 인생의 어느 구석에서도 찾아볼 수 없었던 아름다운 색깔들이다. 바라보고만 있을 수 없어 가을로 가득한 단지 안의 정원으로 나서 본다. 발아래 밟히는 낙엽이 하루가 다르게 색깔도 진해지고 숫자도 늘어간다. 자그마한 할배가 낙엽을 쓸고 있다. "가을엔 낙엽이 제격이니 대충 하시지요"-말갛게 웃는다.

보도에 낙엽이 떨어져 쌓여 있으면 가을 속에 푸근하게 안겨 있는 것 같고, 쓸어서 깨끗한 길바닥이 보이면 귀중품을 도둑맞은 느낌이 든다. 밖에서 윙윙거리며 낙엽 쓰는 기계소리가 들리면 자연을 망가뜨리는 무뢰한이 찾아온 것처럼 긴장되고 반갑지 않다. 그들이 쉬는 주말이나 휴일에 낙엽이 그대로 쌓이는 때를 사랑한다. 치우더라도 여기저기 듬성듬성 남아 있으면 그렇게 섭섭하지는 않다. 그리고 보니 옛날에 이 잡던 생각이 나서 '피식' 실소失笑가 난다. '50년대 6·25

전란 후에는 옷에 이나 벼룩이 많이 살고 있었다. DDT가 미국에서 많이 보급되던 초등학교 시절이었다. 등잔불 아래에서 이를 잡는데, 큰 것만 대충 잡고 아주 작은 서캐는 남겨놓았다. "그들도 살아야 될 거 아냐" 어린 막내의 이 말에 어머니는 허리를 잡고 웃으셨다. 아마도 여백餘白을 동경하는 정서가 마음속에 자리했던 모양이다.

가을은 낙엽과 풀벌레의 계절, 그 속을 걸어보려고 자주 가는 냇가 둔치길 대신에 오늘은 산 밑 둘레길 쪽으로 길을 잡았다. 걸어 오르다가 숲속 벤치에 앉아서 주위에 빨강 노랑 주황색들로 옷을 갈아입은 숲을 바라본다. 발밑에 떨어진 낙엽을 헤치며 곱게 물든 잎새를 몇 개 골라서 휴대폰 사이에 주워 넣었다. 집에 가서 책 사이에 끼워 읽던 페이지를 표시하면 책 속의 글에서 가을 냄새가 날 것이다. 수북이 쌓인 낙엽 속에서 그들의 독백獨白이 들려온다.

새파란 청춘도 있었다 / 해님의 뜨겁던 사랑도 받아 보았고, / 유혹하는 바람과 살랑 춤도 추었지 // 이제 흐르는 세월에 밀려가지만 / 나의 길을 걸었기에 후회는 없다

가슴에 불던 쓸쓸한 가을바람이 파란 꿈을 입에 문 한 무리의 산새들이 부르는 노랫소리로 바뀐다. 그래, 자신의 영혼이 원하는 삶을 살았다면 행복한 삶이었을 것이고 죽음이 그다지 무겁지 않으리라. 티 없이 파란 하늘이 굽어 보고 있다.

엊그제 친구를 만나러 가는 길에 밟히는 낙엽이 있어 고운 잎으로 몇 개를 주워 당구장 주인의 빈자리에 놓아두었다. 한창 당구 치는 중

에 주인이 빨갛게 물든 얼굴로 나타나 고맙다 인사를 건넨다. 가을은 남자의 계절이라 한다. 그리움의 계절이다. 추수를 끝낸 텅 빈 들판에 내려앉은 고향의 가을이 그립고 그곳에 살고 있는 때 묻지 않은 친구들이 보고 싶다. 젊은 날, 운명 따라 흘러간 첫사랑이 아프게 일렁인다. 플라타너스 넓은 잎이 툭툭 떨어져 날리던 대학로의 가을은 끈질기게 따라붙던 쿼터 시험이 먹었다. 학생 시절의 낭만을 시험공부에 빼앗긴 셈이다. 산책을 마치고 아파트 정원으로 돌아와 낙엽을 밟으며 아내의 손을 더듬어 잡으니, "시몬, 너는 좋으냐 낙엽 밟는 소리가" 잡은 손을 흔들며 옆에서 하는 소리이다. 다를 것 없는 사람의 정서인데 여자라고 이 외로운 가을이 무덤덤하고 말겠는가.

낙엽이 지지 않는다면 가을은 얼마나 멋쩍을 것인가? 꽃이 져야 열매를 맺고 잎이 져야 겨울잠 자고 다시 봄을 맞을 것이 아닌가. 내 인생도 이제 단풍 되어 돌아본다. 먹고살 만하다고 판단했던 사십 대 후반에 봉사라는 단어를 가슴에 담고 가난한 동네로 옮겨 개원하던 시절이 고맙게 여겨진다. 자연의 아름다움과 일상의 작은 행복을 글로 쓰면서 저무는 길을 정리해보는 노년의 생활에 감사드린다. 내 인생의 주인으로 살았기에 낙엽으로 질 때엔 단정한 뒷모습을 남길 수 있지 싶다. 그렇게 자연의 섭리攝理가 질서를 잡아가는 것이리라– 왔다가 가는 것.

서울대의대 동창 소식, 2021년 9~10월호

무너지는 예절^{禮節} 사회

예절을 잘 지키며 살아가는 사회는 아름답다. 예절은 인간이 살아가면서 꼭 필요한 정신의 양식이다. 생명을 이어가려면 음식을 먹어야 하듯이 사람답게 살려면 이 정신적인 양식이 필요한 것이다. 한데 현대사회에서는 이것을 찾아보기가 쉽지 않다. 전철 안에서 대수롭지 않은 일로 젊은이가 노인에게 삿대질하고 소리 지르며 행패 부리는 영상을 보면서 예절이 무너져 가는 사회를 본다.

현대 사회에서는 예절을 배울 기회가 없는 것이다. 가정에서는 출산율이 떨어져 겨우 아이 하나 둘 낳아 금이야 옥이야 귀엽게만 길러 버릇이 없다. 조금 자라면서는 바쁜 시간에 맞춰 식사도 각자 하기에 밥상머리 대화는 기대하기 어렵고 가정교육도 거의 실종된 상태이다. 학교 교육은 어떤가? 시험에 소용되는 국, 영, 수에만 치중하고 도덕이나 한문은 구색을 맞추는 정도이니 예절 교육은 찾아보기 힘들다. 하다못해 환경적인 분위기에서 찾아보지만 오히려 해로운 것들뿐이다. 한참 열 올리는 TV연속극을 보면 사람들이 눈에는 독기를 잔뜩 품고 입은 조소嘲笑를 머금은 채 상대를 노려보면서 "절대 용서하지 않을 거야. 반드시 갚아 줄 거야" 목청껏 고함을 질러댄다. 어디서 무엇을 보고 배울 것인가? 다정하게 예절을 지키면서 오순도순 살아가는 가정적인 홈드라마는 모두 어디로 갔는지 아쉽기만 하다.

예절이 실종되고 정이 메말라가는 현대 사회를 생각하면서 앞산의 숲을 본다. 나무들이 질서 없이 함부로 엉켜 있는 것 같아도 자세히 보면 적당한 간격을 두고 서로 침범하지 않는 예절을 지키고 있다. 그들의 밥을 만드는 광합성에 필요한 햇빛(태양 에너지)도 내가 모두 받지 않고 적당히 받은 다음에는 키 작은 나무를 위하여 바람을 불러 옆으로 비켜준다. 뿌리는 비가 와서 물이 풍부해도 욕심부려 다 먹지 않고 필요한 만큼 먹은 뒤에 계곡을 따라 흐르게 한다. 한 나무에서도 뿌리와 잎사귀는 긴밀하게 대화하면서 자신들의 성장 스토리(광합성 과정)를 함께 써간다고 한다. 그뿐만 아니라 종種이 다른 식물 간에도 적극적인 대화를 통해 생존과 관련된 문제를 양보하며 진화한다는 것이다. 이것은 숲의 질서인 동시에 나무의 예절이다. 숲의 질서와 향기 속에 들리는 새소리 바람 소리를 들으며 인간은 무엇을 느낄까?

아무 철이 없던 어렸을 적에는 예절을 모르고 천방지축이었다. 하지만 모든 것이 허용되던 어린 시절에도 밥상머리 예의가 있었고 이는 기초적인 가정교육이었다. 중학 때 한문을 배우면서 유교의 도덕 사상에서 기본이 되는 삼강오륜三綱五倫을 접하게 되었고 이것이 인간 예절의 기본이라는 것을 깨달았다. 삼강의 요점은 충忠, 효孝, 열烈

로 임금과 신하, 어버이와 자식, 남편과 아내 사이에 마땅히 지켜야 할 도리를 말함이다. 오륜은, 아버지와 아들 간에는 친애가 있어야 하며[父子有親] 임금과 신하 간에는 의리[君臣有義]가, 부부간에는 서로 존중해 주는 도덕적 분별[夫婦有別]이, 어른과 아이 사이에는 순서[長幼有序]가, 친구 사이에는 믿음[朋友有信]이 있어야 한다는 내용이다. 이는 유교적인 사상에서 비롯된 도덕 강령인데 우리 동양 사회에 잘 맞는다는 생각이다.

예절은 질서를 유지시켜주고 우리가 사는 세상을 살 만한 곳으로 만들어 준다. 하지만 세월이 흘러 요즘 젊은이들은 노인을 꼰대라 부르면서 서재 구석의 헌책 취급이나 하니, 친구들로부터 젊은이를 가르치려 말고 묻는 말에나 대답하라는 카톡이 수시로 날아든다. 아무리 기계 기술이 발달하여 살기 편리한 세상이 되었다 해도 예절이 실종된 사회는 사는 멋이 없고 정이 통하는 아름다움이 없다. 놀라운 경제성장에도 불구하고 우리나라가 행복지수는 OECD 최하위권, 자살률은 최상위권에 머무는 것은 예절이 실종되어가는 사회와 연결되어 있다고 본다. 우선 '예절을 아는 인간이 되자'고 말하고 싶다. 형제여, 어두워지는 거리에서 두런거리는 이 슬픈 독백獨白이 들리는가?

인생의 맛

　　　글방에서 수업 끝난 뒤 문우들과 함께 점심 먹고 차도 마시면서 즐거운 시간을 가졌다. 집에 들어오면서 정원에 한가롭게 놓여 있는 벤치에 앉아 흰 구름 흐르는 파란 하늘을 바라본다. 영하 10도를 오르내리던 입춘 추위가 며칠 지났을 뿐인데 불어오는 실바람은 벌써 코끝에 싱그러운 봄 냄새를 실어다 준다. 지난 생生을 반추해 본다. 고생스럽고 불행한 삶을 살아왔다고 생각하며 지내왔다. 하지만 산수傘壽를 지내면서 돌아보니 쓴맛 단맛을 다 겪으며 살아온 괜찮은 인생이었다.

　아무 고생 없이 청소년기를 살았다면, 좋은 환경에서 평범하게 공부하여 무난히 성공해서 살고 있다면 인생의 오묘한 맛을 어찌 알겠는가? "눈물 젖은 빵을 먹어보지 않은 사람은 인생의 진정한 맛을 알지 못한다"(괴테)라고 했다. 근심에 싸인 수많은 밤을 울며 지새워 본 적이 없다면 인생의 참맛을 모르리라. 농사일을 모르는 선비 농군의 아들로 태어나 중·고등 시절에 반 농사꾼으로 고생하면서 이를 악물고 공부에 전념하던 세월이 지금은 나를 위로한다. 고등학교 등록금을 내지 못하여 정학 처분을 당해 본 쓰라린 경험이 쓴맛을 넘어 지금은 감칠맛이 되었다.

사랑도 그렇다. 순조롭게 사귀다가 결혼에 골인하여 평범하게 살아가는 사람은 덤덤하니 인생의 깊은 맛을 모르리라. 실연의 아픔을 겪고 백발이 되어서도 가슴에 멍한 사랑의 그림자를 안고 살아가는 사람은 고독과 우수의 맛을 알 것이다. 단순한 실연의 아픔보다도 잘못 엮인 여난女難의 그물에서 생을 포기할 정도로 헤매어 본 사람은 갈가리 찢어진 비참한 인생을 경험했으리라. 여러 이성과 사귀면서 애증의 골목길을 나그네처럼 정처 없이 걸어본 사람은 자유와 고독, 영혼의 가벼움 같은 것을 체험하고 눈물과 웃음이 수시로 노년의 기억으로 찾아오지 싶다. 공부밖에 모르던 이 촌놈에게 모두 찾아왔던 손님들이다. 스스로 생을 마감한 이들의 뒷길을 따르지 않고 새 길을 찾은 것은 용기였다.

돈도 그렇다. 부유한 부모 밑에서 고민 없이 쉽게 받아서 잘 살고 있는 사람이 어찌 인생의 깊은 맛을 알 것인가? 부모로부터 힘들이지 않고 많은 재산을 물려받은 사람이 물정 모르고 지내다가 빈손이 되어 고생하는 사람들을 주위에서도 가끔 본다. 고생하면서 자수성가自手成家하여 잘 살아가는 사람들은 보다 인생의 행복한 맛을 볼 것이다. 권투 선수 홍수환이 1974년 남아공의 더번에서 4전 5기로 상대방을 눕히고 밴텀급 세계 선수에 올라 "엄마, 나 챔피언 먹었어" 하던 외침은 우리 국민들에게 얼마나 큰 감격을 주었던가? 비틀거리다 쓰러져도 오뚝이처럼 다시 일어나 앞을 보고 걸어가는 삶은 결코 쉬운 일이 아니다.

　돌아보니 만고풍상萬古風霜을 다 겪으며 살아온 인생이다. 헤세는 "내 인생의 의미를 찾아서 나 자신으로 살아가는 것이 소중하다"라고 했다. 하지만 나 자신의 길이 어느 길인지 찾기가 무척 어려운 일이다. 형의 권유로 의업을 택하였고 의사란 직업인으로 충실히 살았다. 십여 년 전에 수술을 받고, 오늘을 주신 하느님께 감사하며 글을 쓰면서 노년을 살아가는 나는 행복하다. 아무런 신병 없이 80~90 노령을 살고 있다면 하루하루의 생이 그저 무료할 뿐 오늘을 살아가는 생명의 기적을 맛보지 못하리라. 스페인 속담에 "항상 맑으면 사막이 된다. 비내리고 바람이 불어야 비옥한 땅이 된다" 하지 않던가. 역경을 겪으며 나를 찾아 살아가는 길은 고생스러울지라도 인생의 참맛을 느끼며 살아가는 바람직한 삶이 아닌가 싶다.

물 이야기

　　오후에 산책을 나서는데 가을이 파-란 하늘 아래 반갑게 맞는다. 태풍 마이삭이 비를 흠뻑 뿌리고 간 뒤라 길 옆 성복천 물이 바닥까지 맑다. 급하지도 않고 느리지도 않게 끊임없이 여울져 흐르는 물은 마음속에 차분한 안정감을 준다. 낮은 곳을 찾아 내려앉는 냇물을 보며 '물처럼 살라' 하는 말이 이해될 듯하다. 둔치 길을 따라 살랑바람 맞으며 계속 걷는데 내 생生에서 겪어보았던 물의 모습이 참 다양하게 찾아든다.

　　물은 먹는 것이었다. 초등학교 때 6·25 전란을 거치면서 뉘 집이나 먹을 것이 없었다. 점심시간에 배가 고프면 학교 우물로 달려가서 두레박으로 퍼 올린 물을 벌컥벌컥 마셨다. 그러고 나서 우물가에 앉아 햇볕을 쪼이면 배가 불러오는 느낌을 받고는 하였다. 지금 생각하면 불쌍하다는 생각이 들겠지만 그 시대를 살았던 세대는 고픈 배를 물로 채워 본 기억이 많아 그뿐이었다. 시골에는 한 동네에 공동 식수인 우물이 하나씩 있었는데, 연로하시고 지게질도 서투른 어머니가 매일 아침 비틀거리며 물지게에 져 나르셨다. 그 모습이 너무 안쓰러워 중2 때부터는 그 일을 막내인 내가 맡았다. 동네 아낙네들 나오기 전에 첫새벽 일찍이 물을 지고 올라와 물 항아리에 좌—악—좍 시원하게 쏟아 채울 때면 부자가 된 느낌이었고 효도한다는 생각도 들었다. 먹는 물이 귀하던 시절이었다.

물은 농사를 짓는 것이었다. 중고 시절에는 학교에서 돌아오면 당연히 농사일을 거들어야 했다. 봄에 모내기철이 되면 논에 물대기가 보통 큰일이 아니었다. 제 때에 비가 와 주면 다행인데 날씨가 가물면 서로 먼저 물을 담으려고 큰 싸움이 나는 일도 있었다. 그때는 저수지가 없고 거의가 천수답이라 하늘만 바라보던 시대였다. 가뭄이 심하던 어느 해 밤에 아버지를 따라 물 대는 현장에 가 보았다. 낮에 물꼬를 우리 논에 대 놓았는데 밤에 보니 다른 논으로 물이 흘러가는 게 아닌가. 아버지는 농사일은 모르지만 다음날 모심기를 하도록 물을 대주는 일은 하셔야 했다. 이웃 논 주인과 맞선 살벌한 분위기에서 어찌하시나? 길이 없어 보였다. "늙은이라고 그렇게 업신여기면 안 되지" 하면서 물꼬를 다시 우리 논으로 돌리신다. 그것으로 끝이 났다. 늙은이를 무시하지 말라, 그때만 해도 먹히는 말이었다. 기지機智있는 아버지의 한마디 말씀을 지금도 기억하고 있다.

물은 어머님의 정화수였다. 새벽이면 하얀 사기 주발에 깨끗한 물을 장독대에 떠놓고 무작정 빌었다. 흰 한복 차림으로 두 손 높이 모아 내리면서 정성껏 비는 모습은 우리 형제가 반듯하게 자라는 길잡이 교육이 되었다. 6·25 중에 위로 교편을 잡던 큰아들과 두 사위를 잃고, 끝으로 남은 어린 형제를 바라보고 기도를 올리는 것이다. 그것은 어린 자식들을 위한 어머니의 간절한 마지막 소원이었다. 그 모습을 곁눈질로 보면서 저런 어머니를 실망시켜드릴 수 없다는 생각이 한 시도 나태해질 수 없는 열정을 내려 주었다. 어릴 적 내 가슴에는 기도 드리는 어머니의 하얀 모습이 항상 살아 있었다.

물은 생명을 유지해주는 생명수이다. 동식물을 포함한 지구 상의 모든 생명체에 꼭 필요한 물질이다. 우리 인체 성분도 70%는 물이고 성인은 하루에 2L 이상의 물을 섭취하고 배설하면서 건강을 지키게 된다. 태초에 인류문명의 발상지가 모두 강가에서 발원한 것도 물이 생명과 직결되기 때문이다. 물이 이렇게 중요하기에 치산치수治山治水는 나라를 다스리는 근본이라 하지 않았던가? 숲을 잘 가꾸면 산에서 내려오는 물이 한여름 가뭄에도 마르지 않는다. 우기에 물을 충분히 흡수했던 나무뿌리가 가물 때 조금씩 물을 조절하여 내보내기 때문에 가뭄이나 홍수를 막을 수 있다. 저수지 시설이나 강물의 처리도 치수治水에 해당되는 일이다.

우리는 다행히 60~70년대부터 민둥산에 나무를 심는 녹화 사업을 하여 치산치수에 성공한 나라이다. 지금은 저수지 시설도 잘되어 있고 강에는 보洑 시설도 있어 하늘이 농사짓던 옛날처럼 고생스럽지 않다. 상하수도 시설도 잘 되어 수돗물은 트는 대로 나오고 깨끗한 물도 정수해서 먹는다. 수세식 화장실은 비데까지 달아 쓰고 있으니 공중위생도 획기적으로 개선되었다. 따라서 국민의 기대 수명도 83.3세(2019. 남 80.3세, 여 86.3세)로 OECD회원국 중에 3위에 올라섰다. 가끔 TV에서 아프리카 사람들이 누런 황토물도 귀하게 찾아 식수와 생활수로 쓰는 것을 보면 우리는 얼마나 행복한지 모른다. 그들에게 '샘을 파주자'는 캠페인은 얼마나 간절한 소원일까?

물을 사랑했던 노자老子는 물이 갖는 일곱 가지 덕을 말했다. 낮은 곳으로 흐르는 겸손, 막히면 다투지 않고 돌아가는 지혜, 구정물도 받아주는 포용력, 어떤 그릇에도 담기는 융통성– 모든 생물이 자라도록 영양을 공급해 주고도 공치사를 하지 않는 덕을 들어 상선약수上善若水라 했고, 그 자신이 물같이 살려고 했다는 것이다. 자연 속에서 살았던 노자의 가르침은 인간의 생존철학이요 삶의 길을 제시해 준 것이라 생각된다. 배고픈 시대를 겪으며 샘에서 물을 퍼먹던 70~80대들에게는 노자의 상선약수가 더 가까이 들어온다. 아마도 단맛 쓴맛을 경험하면서 오래 살아 본 인생경험 때문이지 싶다.

배고프면 샘물을 퍼먹고 물지게로 져 날라 먹던 시절에는 생전에 맑은 물을 이렇게 마음껏 쓸 수 있을지 짐작도 못하였다. 오늘의 풍부한 물도 지구 환경을 지키고 지구 자원의 보전을 위하여 낭비하지는 말아야겠다. 자연을 지키지 않으면 인간 사회도 공멸할 것이기 때문이다. 산책을 마치고 들어오는 아파트 정원에서 아직도 키 높이 시합을 하는 분수를 보면서 한없이 욕심 부리던 지난날의 삶에 회한悔恨이 젖어온다. 모과나무에서는 주렁주렁 달린 모과들이 노란 낯빛으로 가을을 배웅하고 있었다.

따뜻한 말 한마디

"아직도 안 자나? 그만 자!" 아내에게 퉁명스럽게 말해 놓고 가만히 생각해 본다. 석가모니는 아무것도 가진 것이 없어도 베풀 수 있는 무재칠시無財七施 중에 언시言施를 말했다. 사랑과 칭찬의 말, 위로 격려 양보의 말로써 상대를 다정하게 대하라는 것이다. 정감이 흐르는 따뜻한 말은 사람 사이를 가깝게 열어주고 무뚝뚝한 말이나 편잔은 관계를 멀고 서먹하게 만든다. 나도 모르게 튀어나오는 거친 말투를 고치고 부드럽게 말해보려 마음먹어도 급할 때는 아직도 가끔 발사된다.

'날 편잔'은 날카로운 편잔(꾸지람)을 뜻하는 말이다. 이 버릇을 고치려고 말하기 전에 음성의 볼륨과 음정을 낮추고 속도를 줄여, 말투에서 거슬리는 부분을 모두 제거해 보려고 연습도 해 보았다. 우리 내외는 늦게 잠자는 Night man 체질인데, 자정 무렵 내가 잠자리에 들면 아내는 역류성 식도염이 있어 넘어온다고 늘 20~30분 뒤에 막 잠든 잠자리를 열고 들어온다. 역류성이 있다 해도 그 시간이면 충분할 것 같은데 아마도 습관인 듯하다. 지금은 글을 쓴다고 서재로 내 잠자리를 옮겼지만, 충분한 수면이 노년의 건강에 중요한 면역이 된다는 말을 듣고 아내에게 잠을 권하다 보면 날 핀잔이 나오는 수가 있다. 짜증 섞인 말투지만, 사랑이 있으면 자기를 염려해주는 걱정으로 해석되지 않을까. 희망 사항이다. 그냥 생각 없이 지내는 것보다 사는 날까지 따뜻한 말투를 쓰면서 인격을 다듬어야 싶다.

볼통하게 내뱉는 '날 핀잔'은 우리 집안의 내력이라 들었다. 중학 시절에 시내에서 인쇄소를 경영하시던 집안 형님과 겸상으로 밥 먹은 일이 있었다 "이잉, 배춧잎을 섞어줘야지 이렇게 줄기만 주면 김치가 질겨서 어떻게 먹으란 말이야!" 형님은 밥상을 차려낸 아주머니에게 부엌에 대고 짜증을 날리는 것이다. 한 번은 이웃 동네에 사시는 백부님과 겸상을 한 일이 있었는데 그때도 "엥, 말국이 있어야 늙은이가 밥을 먹지, 찌개가 이렇게 되면 어떻게 먹나!"하며 밥상을 차린 며느님에게 부엌에 대고 큰소리로 날 핀잔을 주셨다. 내게 하시는 말씀은 아니었지만 일부는 앞에 앉은 내게로 날아오는 느낌이었다. 화내시는 두 어른의 얼굴이 갑자기 낯설어 보였다. 마주 앉은 어린 아우나 조카 앞에서 따뜻한 모습을 보여줄 여유들이 없으셨던가. 80대를 사는 내가 지금도 똑똑히 기억하면서 그 어투에 물들지 않으려고 명심하고 있다.

오후에 한창욱 님의 글 『살고 싶어서 헤어지는 중입니다』을 읽었다. 지쳐 있을 때는 누군가가 건넨 따뜻한 한마디가 세상을 다시 살아가는 용기를 준다면서 마리안 앤더슨(1902~1993)이란 미국의 전설적인 알토 소프라노 가수를 소개하였다. 음악 학교에서 흑인이라고 지원을 거부당했을 때, 그 어머니는 "아가야, 너무 슬퍼하거나 좌절하지 말렴. 분명 다른 방법이 있을 거야."라고 말하였다. 그 후 유명 성악가가 된 후에 카네기 홀에서 생애 첫 독창회를 마쳤을 때 백인 비평가들이 그녀의 목소리를 혹평하였을 적에도 "자랑스러운 내 딸아! 아주 잘 했어-"라는 말에 용기를 낸 그녀는 다시 노래를 불렀다. 평범했던 흑인 소녀가 20세기 최고의 인물이 되기까지 어머니의 따뜻한 격려의 말이 동력이 되었다는 이야기이다. 채찍은 말을 달리게 하지만, 인간을 달리게 하는 것은 칭찬이라 한다. 꾸중과 비판만 받은 아이는 눈치만 살피느라 자신의 능력을 제대로 펴지 못한다는 것이다.

"불안한 젊은이에게 냉정한 태도를 취하거나 의심스러운 눈초리를 보내는 것은 그의 장래를 간단히 죽이는 행동이다"(『헤세를 읽는 아침』 중에서). 상대에 대한 관심과 사랑이 있어야 용기를 주는 칭찬의 말이 자연스레 나올 것이다. 오늘은 빈자리가 있는 버스 안에서 앉지 않고 기둥을 붙들고 비틀거리는, 큰 책가방을 멘 조그마한 초등학생에게 "여기 앉아, 너는 중-요한 사람이야"라고 말해 주었다. 그 말에 상기된 얼굴을 한 어린이는 곧 내린다면서 앉지 않고 버티면서 간다. 글을 쓰면서 눈 뜬 것이 "여보, 나 자요" 부드럽게 말하니 "나도 자요"라고 고운 대답이 들려온다. 같은 말이라도 정감 있고 따뜻하게 전하면 집안에는 사랑이 넘치고 대인 관계로 이루어지는 사회에는 조용히 사람 사는 정겨움이 흐르리라.

여성의 아름다움은 어디서 오는가

여성의 아름다움은 남성의 눈에서 이루어진다. 눈과 여타 감각기관을 통하여 전달받는 뇌에서 완성된다. 만일 남성이 없다면 여성들의 미美에 대한 갈망은 현저히 줄어들 것이다. 여성이 그들의 미를 위하여 힘쓰는 정도는 죽음을 앞두고 울어대는 늦여름 매미의 간절함에 비견할 만하다. 사람이 의식주만 있으면 산다고 배우던 초등학교 시절은 지금 21세기에서 보면 '숨만 쉬면 산다'고 말하는 것과 비슷하다. 이 눈물겨운 여인들의 아름다움을 과연 어디에서 찾을 것인가?

여성의 미는 시대의 흐름과 사회 문화적 변화에 따라 다양한 잣대가 적용되어 왔다. 그리스 신화에 올림포스 산의 12신 중에 미와 사랑의 여신 아프로디테(일명 비너스)가 있다. 트로이의 왕자 파리스는 '가장 아름다운 여인에게 선사한다'라고 새겨진 황금사과를 헤라, 아테나, 아프로디테 – 똑같이 아름다운 세 여신 – 중에서 아프로디테에게 바쳤다. 모든 남성을 사로잡는 매력을 가진 카리스라는 허리띠를

두르고 있었기 때문이었다. 이 허리띠는 '부끄러움'을 나타내는 띠였다고, 예과 때 안병욱 교수의 철학 강의에서 들었다. 동서고금을 막론하고 여성은 수줍음의 몸짓을 할 때 한층 더 아름다워지는 것 같다. 김광균의 「설야雪夜」란 시에 "머언 곳에 여인의 옷 벗는 소리"라 했으니 들릴 듯 말 듯한 수줍음이 있어 멋이 있지만 막상 가까이에서 벗어 버렸다면 민망할 뿐 그 고요한 아름다움은 날아갈 것이다.

아름다움을 동경하는 것은 인간의 본능이다. 하지만 1990년대까지는 단정한 용모의 현모양처를 지향할 뿐이었다. 이 시대 아내로서의 길은 성격 유순하고 부지런하고 검소한 것에 그쳤다. 집안이 잘되려면 며느리가 잘 들어와야 한다든지, 처복이 있으면 자식복은 따라온다든지 하는 말들이 그대로 통하는 사회였다. 미인은 팔자가 세다美人薄命, 낯짝이 반반하면 얼굴값을 한다는 속담들도 그대로 인정되었다. 2000년대로 오면서 경제 발전으로 인한 여유에서 사회 분위기는 외모지상주의와 얼짱 문화가 만연된다. 결혼-출산-육아-내조로 이어지던 과거의 여성은 이제 선택 과목이 되었고, 여성도 사회에 진출하면서 성격에 상관없이 외모로 평가되는 일이 빈번해졌다. 취업전선에도 외모가 합격을 좌우하는 수가 많다니 이것이 과연 맞는 일일까.

현대를 살아가는 여성이 그들의 아름다움을 위하여 바치는 노력과 비용은 어마어마하다. 화장품 값도 고가일 뿐 아니라, 우리나라는 세계적인 성형 왕국이 되었다. 20~30대 여성들의 75.8%가 기회가 된다면 성형 및 시술을 받겠다는 보고도 있다. 여대 강의실에 서면 코는 모두 오뚝하고 눈은 쌍꺼풀 지어 누가 누구인지 구별하기가 힘들다는 우스갯말도 들었다. TV에 나오는 연예인 중에는 얼굴이 자연스럽지 못하고 성형을 했던 흔적이 보기 싫게 남아있는 경우도 가끔 보인다. 성형은 했던 사람이 다시 하는 성형 중독증이 있다 한다. 하지만 이 외적인 미가 한 인간을 행복하게 해주지는 못한다. 사람들은 순수미를 그대로 간직한 자연 미인을 좋아한다.

여성의 아름다움은 내부의 생명으로부터 온다. 외모는 예쁘나 성격이 과격하면 '예쁜 계집 석 달 못 간다'는 말이 나온다. 진정 아름다움은 내적인 선한 마음씨에 있고 이것이 변함없이 오래 가는 것이다. 정조가 성빈에게 빠진 것도 외모가 아니라 정조를 위하는 진심과 지혜로운 성품에 있지 않았을까. 예과 때 국어 K 교수의 강의를 기억한다. "비오는 날의 여자는 50% 깎아 보라, 여자가 울 때는 100% 깎아 보라" 했다. 여자가 마음의 고통을 속으로 끌어안고 구석에서 소리 없이 눈물을 흘리면, 가엾고 미안하고- 남자는 대책 없는 연민에 빠져 가슴을 모두 내어주게 된다. 인생을 살아 본 나는 부끄러워하는 염치와 조용히 참아내는 인내에서 오래가는 여성의 향기가 남을 것이라 믿는다. 착한 마음씨로 살면 외모도 곱게 늙는다.

노년의 행복을 위하여

서울에서 은퇴한 분들이 많이 내려와 사는 까닭인지 밖에 나서면 노인들이 태반이다. 등 굽은 허연 노부부가 손을 잡고 천천히 걸어가는 모습은 한 폭의 가슴 찡한 그림이다. 오늘날 100세 시대를 구가하는 것은 생활 수준의 향상과 의료 기술의 발달에 의한 결과라고 본다. 이전 세대들은 60세 전후에 은퇴하면 인생을 정리하는 기간이었는데, 요즘에는 제2의 인생을 구상해야 한다. 이렇게 길어지는 노후 생활을 즐겁고 행복하게 살아가는 방법이 여기저기서 전해져 온다.

우선 인생人生을 즐겁게 사는 법에 대한 선인들의 지혜를 본다. 노년의 삶이 호수가의 산들바람으로 이어지기 위한 공부이다. 조선 중기의 문신이자 서예가인 상촌象村 신흠(申欽, 1566~1628) 선생은 인생삼락三樂을 문 닫고 마음에 드는 책을 읽을 것, 문 열고 마음에 맞는 손님을 맞을 것, 문을 나서 마음에 드는 경치를 찾아갈 것이라 했다. 이는 곧 좋은 책을 읽고 마음에 맞는 친구와 사귀고 아름다운 경치를 즐기라는 뜻이겠다. 서재에 앉아 조용히 책을 읽을 때 한없는 행복을 느끼기에 전적으로 공감이 가는 말이다. 창밖에 보슬비가 조용히 내리는 날엔 책을 읽고 앉아 있는 나 자신이 신선이 된 듯한 착각마저 드는 지경이다. 친구를 만나는 것도 더 없는 기쁨이요, 산 자락에 올라 수려한 자연을 벗 삼아 명상冥想의 시간을 갖는 일도 빼놓을 수 없는 즐거움이다.

논어論語에 나오는 삼락은, 배우고 익히는 일 벗을 만나는 일 사람이 알아주지 않아도 성내지 않는 일이라 했다. 읽고 배우는 일과 친구를 만나는 일은 신흠 선생과 공통된 견해이다. 여기서 마음에 들어오는 것이 "알아주지 않아도 성내지 않는다"라는 구절이다. 남에게 인정받으려면 나 자신을 내주어야 하기 때문에 주체적인 행복을 찾을 길이 없게 된다. 사람들은 운명과 선택의 길 위에서 자신의 일을 걱정하는 것이 아니라 옆 사람과의 경쟁에서 이겨 누군가에게 인정받는 것이 행복이라 착각하고 있다. 이는 마음속에 수많은 불안과 욕심들을 심어줄 것이다. 행복이란 대부분 조용하게 찾아온다. 노년에 무엇보다 필요한 것은 마음을 비우는 일이라 생각한다. 젊은 시절의 욕심과 증오를 버리고 너그러워야 그 빈자리에 행복이 찾아들고 알아주지 않아도 상관하지 않는 경지에 이를 것이다.

괴테(1749~1832)도 노인의 행복에 대한 말을 남겼다. 노년의 행복은 건강, 일, 친구, 꿈이라고. 이는 우리 사회에 회자되는 노인사고老人四苦와 비슷한 발상이 아닌가. 즉 병고病苦 빈고貧苦 고독고孤獨苦 무위고無爲苦가 없어야 노년이 행복할 수 있다는 말이다. 이 중에도 노인 행복의 가장 기본적인 요건은 건강이다. 주위에 건강이 좋지 않아 기동조차 불편한 친구들을 볼 때에 마음이 몹시 아프면서도 나 자신이 걸을 수 있다는 사실에 감사하게 된다. 취미에 맞는 일, 친구, 꿈은 노년의 고독고와 무위고를 풀어주는 열쇠가 아닐까 싶다. 글을 읽고 쓰면서 고독고와 무위고를 해결하고 있는 나는 쓰면서 자신과 대화하고 지난날을 안으로 정돈하는 데 즐거움을 느낀다. 친구는 숫자가 많을 필요는 없을 것이다. 빈고貧苦에 빠지지 않으려면 자손들에게 올인하지 말고 자신의 노후를 잘 설계해야 한다. 노력 없이 전해지는 많은 재산이 자식들의 앞길을 망치는 경우를 종종 본다.

노년의 행복을 위해서는 건강, 일, 친구와 생활을 유지할 경제력이 필요하다는 말이다. 하지만 이런 사항은 행복에 필요한 조건들이고 무엇보다 중요한 것은 스스로 행복하다고 느끼는 마음이 있어야 한다. 행복이든 불행이든 그 근원은 마음에서 나오기 때문이다. 자신이 행복하다고 느끼려면 현실을 긍정적으로, 낙관적으로 받아들이는 마음 자세가 필요하리라. 노년은 쓸모와 효용이 정지된 상태이다. 이때 좌절 대신에 남을 인정해 주는 넉넉함과 매사에 감사하며 살아가는 자세는 노년에 평안함을 가져다줄 것이다. 건강 관리를 위하여 모두 내려놓고 산자락으로 이사 와서 살아보니 길가에 곱게 핀 풀꽃들의 미소 졸졸 흐르는 시냇물 소리 숲속에서 지저귀는 산새 소리 나뭇잎에 쏟아지는 눈부신 햇살- 모두가 사랑이고 감사한 일들이다.

죽는다는 것

죽음은 산 자에게 필연적으로 찾아오는 일이다. 늙어가면서 기력氣力의 한계를 느낄 때 생각하게 된다. 그전에라도 신병身病이 있으면 죽음에 대해 많이 생각할 것이다. 사관학교를 지망하려던 고교 시절에는 나폴레옹 전기를 읽으면서 국가를 위해서는 젊은 죽음도 괜찮다고 대범하게 생각했었다. 건강에 별문제 없이 고희古稀를 지냈고 칠십 대 초반에 폐암으로 진단과 수술을 받고 십 년 이상을 살면서 죽음에 대한 생각을 많이 하게 되었다.

장기간의 투병 생활을 하면서 보니 죽음은 멀리 있는 게 아니고 삶 속에 항상 함께 있는 것이었다. 치료를 받으면서 소위 죽음을 받아들이는 5단계(퀴블러 로스)중에 앞의 부정-분노-타협-절망 4단계는 별로 느끼지 못하였고, 현재의 상태를 쉽게 '수용'하였다. 아마도 직업이 의사인 관계도 있을 터이고 인생을 살 만큼 살았다는 생각도 작용하였을 것이다.

피할 수 없는 일이라면 가능한 슬프지 않은 죽음을 원하겠지만 어디 마음대로 되는 일인가? 가장 슬픈 죽음은 젊은 나이에 어린 자녀들을 두고 인생의 무거운 짐을 진 채 가는 경우일 것이다. 가족을 생각하면 차마 눈을 감을 수 없을 것이다. 그러기에 자녀들이 다 자라서 홀로서기를 할 때면 그 부모는 요절夭折의 공포에서 서서히 벗어나게 된다. 또 가장 아픈 죽음은 자녀가 다 커서 부모의 희망으로 자리 잡았을 때에 갑자기 사망할 경우이다. 부모 가슴에 지워지지 않는 못을 박는 일이다. 대학 졸업 후 반듯한 직장에 다니던 아들을 교통사고로 보낸 친구는 그 아픔을 매일 술로 달래다가 본인도 건강을 잃었다. 박완서 님은 장래가 촉망되는 아드님을 사고로 잃고 나서 「때로는 죽음도 희망이 된다」라는 수필을, 자살까지 생각하며 썼다고 한다.

죽음보다 더 아픈 일도 있다. 노년에 죽지 않고 치매에 걸리는 경우이다. '죽음은 노년과 함께 오는 것이 아니라 망각과 더불어 온다'는 말이다. 조기 발견하여 관리하지 않으면 중증으로 발전하고 노망으로 드디어 온 가족을 불행에 빠뜨린다. 산다는 의미가 없고 차라리 죽느니만 못 한 것이다. 그래서 잘 죽는 것도 인생의 오복 중에 하나로 고종명考終命이라 하지 않았나? 모두가 원하는 바, 하늘이 준 천명天命을 다 살고 편안하게 죽는 것을 말함이다. '죽은 후에 산 사람들이 애석하게 생각해 주는 것'이 고종명이란 해석도 있으나 사후에까지 걱정할 일은 아니라고 생각한다. "영웅은 일찍 죽어야 하고 천재에게는 행복이 빠져 있어야 한다"(김정운, 『에디톨로지-창조는 편집이다』)사람들이 애석해 하지만 이런 젊은 죽음을 고종명이라 부르지는 않을 것이다.

삶의 끝자락에는 죽음이 있다. 사후 세계가 있나, 신이 있는가? 파스칼은 『팡세』에서 "신이 있다는 것도 없다는 것도 불가해하다. 영혼이 있다는 것도 없다는 것도 불가해하다. 그렇기에 신을 믿고 보는 것이 유리하다"라고 했다. 너무 기회주의적인 말로 들린다. 성서의 오직 하나의 목표는 사랑이다. 사랑에서 벗어나면 사람은 갈 길을 잃는다고 했지만 사랑이 성서에만 있는 것은 아니다. 불가의 가르침이나 유교의 말씀이나 성서와 비슷한 구절이 많다. 헤세(1877~1962)는 진리로 충만한 올바른 절대적 종교란 동서고금 어디에도 없다고 했다.(『헤세를 읽는 아침』 중에서) 신神의 존재 여부는 알 수 없지만 나는 삶의 끝에는 아무것도 없다고 생각한다. 다만 내 인생을 위하여 정직하고 성실하게, 올바른 길을 살아야겠다는 생각을 한다.

죽음은 이에 가까이 있던 사람에게 또 삶이 고달팠던 사람에게 좀 더 쉽게 받아들여진다고 했다. 받아들이면 죽음이 달라지는 게 아니라 삶이 더 아름다워진다는 것이다. 좋은 죽음은 좋은 삶에서 비롯된다. 남은 인생을 어떻게 살아야 할까? "자신이 원하는 삶을 살아라, 충실하게 살아라, 지금 이 순간을 살아라, 받기보다 주는 데 힘쓰라"(존 이조, 『오늘은 죽기 좋은날』)라고 한다. 하루해 중에 석양을 곱게 물들이며 지는 해가 가장 아름답지 않은가? 가는 날까지 고요한 나 자신으로 남아서 시詩를 써야겠다. 남이 알아주지 않아도 상관하지 않으리라.

친구의 영면永眠 앞에서

　　사람이 이렇게 허망하게 가는가. 며칠 전에 전화하니 받지를 않아 궁금하여 그저께 다시 전화하였다. 뜻밖에 작은 따님이 받으며 중환자실이라 했는데 그 밤에 작고했다는 것이다. 요즘은 노년에 한 가지 병으로 가지 않는다더니 친구도 여러 가지 병으로 몇 년 고생해 왔다. 작년 시월 경에 전화로 "나 내년 오월까지 살 거야." 하더니 오월을 코앞에 두고 간다. 영감이란 게 있는 것인가? 강남 S 병원 장례식장에 가니 영정사진에서 지긋이 내려보는 두 눈이 '이승의 굴레 모두 벗고 자유로운 세상으로 먼저 가네'라고 말하는 표정이었다. 대학 동기생 몇 명이 앉아 있었고 코로나 시국이어서 사람은 많지 않았다.

　　죽음은 실패가 아니다. 정상적인 일이고 자연의 질서이기도 하다. 하지만 친구의 경우는 가슴 아픈 사연이 있다. 이십여 년 전 대기업에 근무하며 장래가 촉망되던 외아들이 스키장에 가다가 눈 속에 교통사고로 타계하였다. 그 후로는 삶의 의욕을 잃은 사람처럼 대책 없이 술을 마시며 슬픔을 속으로 삭이고 지냈다. 노래방에 가면 '아직

나는 너를 사랑하고 있나 봐, 아마 나는 너를 잊을 수가 없나 봐' (나훈아의 〈영영〉) 혼불처럼 노래를 부르며 가슴으로 앓는 그의 아픔을 옆에서 보면서 말없이 같이 아파하던 처지였다. 아들, 손자가 대를 이으면 나는 죽어도 죽지 않는다, 는 것이 우리들의 정서가 아니던가. 영혼이 있다면 천국에서 뜨겁게 해후邂逅하였으리라. 살아야 할 이유가 있어야 노인들은 오래 산다는 실험 결과도 있지 않은가.

그의 건강이 갑자기 나빠진 것은 일 년여 전쯤에 대대적인 척추 수술을 받고 난 후부터였다. 척추협착증과 퇴행성 질환 등으로 수술 받고 고생하면서 기존에 있던 질환들이 악화되는 과정을 밟은 듯하다. 제일 심한 곳을 한 군데 해 본 후에 경과를 보면서 결정하는 게 좋지 않을까 하는 내 제안을 받아들이지 않았다. 노화와 질병으로 인해 심신의 능력이 쇠약해져 가는 사람에게 더 나은 삶을 제공하려면 의학적 수단을 제한할 필요가 있다는 것이다. 너무 깊이 개입해서 완전하게 고치고 치료하려는 욕구를 참아야 한다. 사람들은 자신의 삶이 유한하다는 사실을 알면 너무 많은 것을 원하지 않아야 한다.

오늘은 발인 날이다. 장지가 안성 천주교 공원이란 말을 듣고, 집에서 차로 30~40분 정도면 가보려고 인터넷에 찾아보니 한 시간이 넘는다. 노년에는 경조사에 꼭 참석하지 않아도 결례가 되지 않는다는 말을 되새기면서 스스로 위로하고 있는데, 아내가 내 얼굴을 읽은 모양이다. 친한 친구인데 그냥 지나가면 나중에 후회한다고, 운전할 테니 가자고 앞장서 나선다. 얼굴에 쓰인 말도 정확하게 읽는 것이 부부인가 보다. 유족 측에서 작은 따님의 전화가 왔기에, 늦었으니 우리는 신경 쓰지 마시고 거기 스케줄대로 진행하시라고 답했다. 시골길이라 꼬불꼬불 속력을 낼 수 없었다. 한 시간이 넘어 관리실에 도착하니 유족들은 하관식을 본 후에 먼저 출발했다고 전화가 또 온다. 직원에게서 위치를 받은 후에 마침 옆에 있는 꽃가게에 들러 조촐한 꽃바구니를 구해 들었다.

묘지에 찾아가니 인부들이 작업 중이다. 요즘은 유족들이 하관식 후에 바로 돌아간다는 것이다. 옛날에 산소 일이 마무리되면 차례茶禮를 올리고 돌아오던 생각을 하다가 이 새 풍습에 적이 놀랐다. 인부들이 작업을 중단하고 기회를 주어 우리 내외는 묵념으로 참배하였다. 돌아오는 길이 너무 섭섭하여 사진을 몇 장 찍으면서 주위를 둘러보았다. 젊은 시절 함께 등산할 때 4, 5월 이맘때면 그가 그렇게 좋아하던 연초록 산야가 빙 둘러싸여 있다. 여기서 티 없이 맑은 저 하늘을 마음껏 바라보며 누워 있는 모습이 평화스러워 보인다. 아등바등 애쓰던 이승의 업보 모두 내려놓고 자연에 들어 영혼의 평화를 누리소서. 밤에는 반짝이는 별들과 조용히 정담을 나누고 낮에는 꽃 피는 봄날을 마음껏 노래하소서. 기도처럼 웅얼거린다. 집에 돌아와 찍은 사진과 함께 졸시 한 편을 동기들 단톡방에 올렸다. -조용하다. '이제 모두 떠나는구나' 하는 생각이 스치면서 눈시울이 젖어온다.

2021. 4. 22.

모과

올해도 가을이 슬그머니 왔다가 어김없이 가고 있다. 가을 이 저물어 가면 아파트 정원 몇 군데에 심어진 모과나무에서 주렁주 렁 매달린 모과들이 노랗게 익어간다. 낙엽만 밟아도 가을이 아프다 고 소리치지만 노란 모과들은 산책길에서 돌아오는 나그네에게 멀리 떠나온 고향을 안겨 준다.

매년 11월 둘째 주 일요일이면 조상님들 시제時祭를 지내려고 고 향에 간다. 내려가다 보면 초겨울 추수가 끝난 텅 빈 들판에는 소먹 이 볏짚들이 허옇게 무더기로 뒹굴고 쓸쓸한 신작로엔 찬 바람만 횡 하니 불어댄다. 떠난 지 오래되어 살던 동네 사람들도 아는 사람이 없으니 추억 속의 고향이다. 이때는 멀리 가까이 사는 일가친척들이 한자리에 모여 반갑게 해후하는 시간이다. 시제가 끝나면 정년퇴직하고 시골에 내려가 터 잡고 사는 집안 조카가 긴 장대를 들고 와서 울안에 있는 노란 모과를 따내려 차에 성의껏 실어준다. 우리는 이 노란 고향을 싣고 귀가하는 것이다.

작년부터는 코로나 때문에 이 시제사 모임이 보류되고 고향에도 못 가는 형편이다.

산책길에서 들어오다 아파트 정원에 심은 나무에서 노란 모과를 만날 때면 마음 한구석에 숨어 있던 향수鄕愁가 먹먹하게 되살아난다. 장대를 구해서 몇 개 털어버릴까 생각해 보았으나 주민들이 함께 보며 즐기는 것을 혼자 가져오면 안 될 것이기에 그럴 수 없었다. 지난해에는 걷고 나서 들어오다가 혹시나 하고 모과나무 밑을 살펴보니 노랗게 잘 익은 모과가 두 개나 떨어져 있지 않은가. 주워오니 아내가 물에 깨끗이 씻어 접시에 받쳐 놓는다. 집안에서 고향의 가을 냄새를 맡으며 겨울까지 지냈다. 시간이 갈수록 모과 특유의 향내가 마음을 푸근하게 잡아 주었다.

올해는 나무 밑을 몇 번 살펴보았으나 언제나 깨끗하였다. 상점에서 몇 개 사 올까 하다가 그것은 별 의미가 없을 것 같기에 그만두었다. 며칠 전에는 산책을 마치고 들어오는데 해가 짧아져 어둠이 깔리고 있었다. 그래도 살펴보고 싶은 생각이 들어 나무 밑으로 가보니 노랗게 익은 예쁜 모과가 얌전히 어둠을 덮고 누워 있지 않은가. 얼굴에 상처를 입은 아기 모습을 하고 얼른 안겨 온다. 깨끗이 씻어 놓으니 고향의 가을이 거실 접시 위에서 숨을 쉰다. "바닷가에 가기 위해서는 눈만 감으면 된다"(M. 프루스트, 『쾌락과 나날』)더니, 가만히 바라보고 있으면 접시 위의 모과에서 고향의 풀벌레 소리 귀뚜라미 소리가 들린다.

무너져버린 고향을 모과에서 찾는다. 모과를 바라보면서 그 특유의 은은한 향내를 맡으면 고향 집의 감나무, 대추나무, 밤나무들이 선하게 일어서고 동산의 솔바람 소리도 들려온다. 계속 보고 있으면 마당에 깔린 멍석과 머리 위의 별들과 허리 굽은 어머니도 보인다. 해마다 가을이 저물어가는 이맘때면 모과가 어릴 적 고향을 데리고 거실 접시 위에 내려앉는다.

잠시 여행 왔다 가는 덧없는 인생, 어찌하면 내 책과 더불어 다정한 향기로 오래 남을 수 있을까? 어떻게 외면받지 않고 사랑받는 글을 쓸 수 있을까. 글이란 결국 자기의 체험과 사색의 기록이지만 논리를 너무 앞세우면 맛이 떨어진다. 그게 말처럼 쉽지 않아서 늘 고뇌하지 않나.

－「책의 운명」중에서

3부

유명해지고
싶은 병

유명해지고 싶은 병

　　말 타면 종 부리고 싶다는 말이 있다. 인간의 끝없는 욕심을 빗댄 말이다. 사람들은 원한다, 이 지상에서 내가 유명해지고 사랑받는 존재가 되기를. 사람이 살아가면서 누구나 가질 수 있는 생각이지만 이것이 병으로까지 번지는 것은 바람직하지 않은 일이다. 유명해진다는 것이 대체 무엇인가?

　　요즈음 어려운 경제 사정에 외출도 제한되고 모두 우울해지는 사회 환경에서 트로트 열풍이 불어 마음의 위안을 주고 있다. 출연하는 가수 중에는 여러 해 무명 생활이 이어지면서 겪은 서러움에 울먹이는 사람도 있고 과거에 히트한 노래로 유명세를 타다가 노래와 함께 묻힌 가수도 있다. 이들이 어두운 무명 터널을 지나오면서 겪은 상처와 좌절을 서럽게 토로할 때, 방청하면서 함께 동정同情을 느낀다. 자신의 이름을 찾기 위한 노력들을 보면 눈물겹다. 인기란 것에 한번 물들면 유명해지고 싶은 병에 걸리고 인기 없이 살아가는 것이 참을 수 없이 힘든가 보다. 유명도가 그들의 생계와 연결되니 이해도 된다.

문인 중에도 유명해지기를 열망하는 사람이 있다. 자기 저서가 많이 팔리기를 은근히 바라기도 한다. 요즘처럼 독서 인구가 줄어든 환경에서는 책이 조금만 팔려도 베스트셀러에 오르고 유명해진다는 것이다. 문인으로 이름을 얻기 위해서는 기성 문인들을 찾아다니고 아부하지 않으면 안 된다는 말을 들은 적이 있다. 소설가 C 씨의 글이 잊히지 않는다. "작가로 인정받으려는 그 어떤 홍보적 방법에도 연연하지 마십시오." 고독 속에서 절대의 독자인 자신과 마주 서서 조용히 자기 글을 쓰라는 충고였다. 책을 읽다 보면 공감하면서 감탄하면서 빠져들게 되고 그 작가를 자연적으로 좋아하게 되는 것이 정상적인 현상이 아닐까?

　나도 처음 글을 쓸 때 이름을 낼 생각이 아니었다. 조용히 내 이야기를 글로 써 보리라는 마음뿐이었다. 아마도 이솝의 우화 「신 포도」처럼 자신이 없었기에 택한 길인지도 모른다. 시詩로 등단한 후 내 이름으로 된 시집과 수필집을 처음으로 배부하고 수일이 지났을 때 여러 곳에서 격려 전화도 받고 화분과 축전도 받았다. 그 뒤에도 많은 이들이 메일과 카톡 등으로 용기를 주었고 모 독서 클럽에서는 칭찬의 독후감을 블로그에 띄워 주기도 했다. 칭찬의 글들은 새겨듣자 생각하면서 소하천으로 조용히 흐르겠다는 마음은 변함이 없었다.

　세월이 흐르면서 지방 신문에 글이 실리고 문학상도 받고 대학 동창신문에도 기고문이 실렸다. 지난 시월에는 대학 동창회 문예전에 출품하면서 졸저 2집을 기증했더니 여러 후배에게서 듣기 좋은 인사가 메일에 몰려온다. 이만하면 시인이라는 이름을 가져도 될 듯하다는 생각이 들었다. 그러던 중 이번 코로나 사태로 인한 휴강 기간에 한적한 마음으로 조용히 자신을 돌아보다가 깜짝 놀랐다. 나는 그동안 무엇이 되어보려는 병에 걸려 있었다. 그래서 요즘 글이 어렵고 써지지 않았던가 보다. 지나온 내 인생을 차분히 뒤돌아보고 글로 쓰면서 여생을 보내겠다는 소박한 초심初心이 자신도 모르는 사이에 풀려 버린 것이다.

고명 시인 J 님의 글 중에 "시를 쓰는 일이 십자가를 짊어지고 가는 일이다. 그만큼 시를 쓰는 일이 고통스럽다는 뜻이다"라는 구절이 생각난다. 젊은 시절에는 시를 쓰는 일이 기쁜 일이었는데, 언젠가부터 시간이 갈수록 시 쓰는 일이 고통스럽게 느껴지기 시작했다고 한다. 이 글을 읽고 감히 짐작해 본다. 젊어서는 욕심 없이 썼으니 시 한 편이 나오면 신기하고 기뻤으리라. 그런데 연륜이 쌓이고 유명해진 뒤에는 이름에 걸맞는 명시名詩를 써야 한다는 강박 때문에 고통스럽지 않았을까? 아직 병아리인 나는 감정을 정확하게 표현하지 못하는 언어의 장벽에 허덕일 뿐 십자가를 질 만큼 그렇게 고통스럽지는 않다. 얼마나 노력해야 그 경지에 이를 수 있는지 아직 잘 모르지만, 모르는 것이 오히려 나행스럽게 여겨진다.

수필 한 편을 읽는다. 김태길 교수는 「글을 쓴다는 것」에서 "글이란 체험과 사색의 기록이어야 한다. 글이 가장 저속한 구렁으로 떨어지는 예는 인기를 노리고 붓대를 놀리는 경우에서 흔히 발견된다."라고 했다. 원고를 청탁받는 일이 잦으면 글을 씀으로써 자아가 정돈되는 것이 아니라 밖으로 흐트러져 글 쓰는 것이 즐겁고 고상한 취미가 되지 않고 하나의 고역으로 전락한다는 것이다. 이 글을 읽으면서 조심스럽게 옷깃을 여미고 자세를 바로잡는다. 전에 어디서 읽었던 말이 어렴풋이 생각난다. '다른 사람에게 인정받기를 원하는 만큼 불행해지는 속도는 빨라진다. 그것은 다른 사람의 눈에 들기 위해 나를 내어 주기 때문이다.'

이제 제정신이 돌아온다. 염불에는 뜻이 없고 잿밥에만 맘이 있어서야 되겠는가. 좋은 글을 쓰기 위하여 많이 읽고 끊임없이 사유思惟하는 노력을 해야겠다. 자신의 존재를 깨우치고 지나온 삶을 관조觀照하면서 느꼈던 행복했던 그날로 돌아가리라. 고독한 자신으로 남아 조용히 인생을 명상하면서 쉬운 문장으로 내 영혼에 솔직한 글을 쓰리라. 유명해지고 싶은 병에서 화들짝 깨어나니 저 산마루에 한가롭게 흘러가는 흰 구름이 같이 가자 한다.

『계간수필』 2022. 봄호, 추천 완료작

VIP 신드롬

- syndrome (증후군)

기억이 가물거려 동기인 윤 교수에게 전화로 물었다. "왜 우리가 수술할 때 특별히 잘 봐주려고 하면 꼭 탈이 나는 것을 뭐라 하지?" "VIP 신드롬이라 하지" 그렇다. 신경 써서 특별히 잘해주려고 하면 매번 부작용이 생기는 것을 경험해 왔다. 사람이 부탁이나 촌지를 받으면 각별히 잘 처리해 주고 싶어 마음의 중심을 잃는 것이 문제이다. 이런 현상은 의사가 수술할 적에만 나타나는 현상은 아니다.

시를 쓰려고 시어詩語를 찾아 끙끙 헤매다가 우연한 기회에 '디카시'를 접하게 되었다. 자연이나 사물을 보고 시상詩想이 일면 사진을 찍어 그저 간단하고 쉬운 말로 짧게 글을 지어 붙이는 형식인데 머리를 짜내며 고민하지 않아서 좋았다. 한 2년간 모아 두었던 이런 시들을 책으로 내려고 출판사를 알아보는데, 단골 출판사보다 계간 『디카시』를 출판하는 곳에서 훨씬 좋은 조건을 제시하였다. 시집이 나와서 받아 보니 시집 본문 글씨가 너무 굵고 진해서 시말[詩語]이 독자에게 잘 전달되지 않고 사진의 이미지도 죽는 느낌이다. 모든 것을 알아서 해주는 단골 출판사 대신에 디카시 전문 출판사라는 이곳을 선택한 것이 잘한 일인지 되돌아본다.

책을 내는 과정에서 디자인 담당 선생이 메일로 카톡으로 여러 번 신경 쓰는 것이 미안하여 계약하는 날 책 속에 촌지를 조금 넣어 주었다. "가시고 난 뒤에 책을 열어보니 돈이 들어 있어서요. –감사합니다." 인사를 받고 혹시 너무 잘해 주려다 책이 잘못되지 않을까 살짝 걱정이 되었다. 하지만 마지막 PDF까지 확인을 했는데 무슨 일이 있으랴 싶었다. 마침 병원에 가는 중에 전화가 왔다. "글씨를 아주 진하게 입힐까요?" 시문詩文 글씨에 대하여는 충분히 의논하였기에, 표지 글씨인 줄 알고 "안목대로 하세요" 했더니 본문 글씨가 이렇게 진하게 나와 버렸다. 언뜻 화가 났지만 가만히 생각해 보니 촌지를 받고 잘해 주려는 마음에서 일어난 VIP 신드롬인 것 같다. 사무적으로 대하지 않은 나의 처신이 후회되었다. 원인 제공을 했다는 생각에 화를 내는 대신 이 상황을 그대로 받아들이기로 했다.

쌓여 있는 책을 심란하게 바라보고 있으니 옛날에 겪었던 VIP 신드롬 하나가 엉뚱하게 생각난다. 인턴 시절에 산부인과를 돌던 때의 일이다. 산모의 제왕절개 수술을 전공의 2년 차 선배가 집도했는데 인턴인 나는 조수로 들어갔다. 집도의 C 선생은 수술이 다 끝난 뒤에 다시 한번 확인한다고, 꺼냈던 개복기를 다시 집어넣고 안쪽을 살핀 후에 닫았다. 그 산모는 밤사이 과다 출혈로 사망하였다. 환자 가족들은 대학병원 정문에 '애도 못 받는 병원'이라고 크게 플래카드를 걸고 항의했었다. C 선생은 모 선배의 부탁을 받고 특별히 잘해주려고 수술을 끝낸 후에 마취가 거의 풀려 뻣뻣해진 조직을 억지로 비집고 개복기를 넣고 확인하는 통에 내장이 파열되어 출혈이 된 것이다.

오랫동안 내 신병을 진료해 주는 주치의 K 교수는, 감사한 마음에서 책에 사례(謝禮)를 한번 넣어 드렸더니 그 자리에서 펴 보고 봉투를 돌려준다. 고마운 뜻을 전해 보려고 동창 명부에서 댁의 주소를 찾아보아도 주소란이 비어 있다. VIP 증후군에 빠지지 않고 언제나 평정심으로 연구하고 진료하겠다는 그의 정신임을 알아차렸다. 내 마음을 전할 길이 없어 못내 아쉽지만 이런 분은 의사이기 이전에 인간으로서 존경심이 이는 것이다. 작년 11월에는 표적항암제의 효과를 규명해 폐암 환자의 수명을 기존보다 5배 이상 연장하는 연구로 '세계 상위 1% 연구자'에 선정되었다.

지난날의 수술 사망사고를 기억해 보니, 시집의 글씨가 진하게 나와 속상하던 일은 풀벌레가 숲에서 찌르륵 찌륵 가을을 노래하는 우수(憂愁)처럼 하찮은 것이다. 마음이 한결 편해진다. 특별히 잘해 주려다 탈이 나는 VIP 신드롬은 결국 마음이 한쪽으로 치우친 상태에서 판단하기 때문에 온다. K교수처럼 초심을 잃지 않고 정도로 인생을 살겠다는 삶의 태도는 수술 사고도 인쇄 실패도 허락지 않을 것이다. 모든 일은 평정을 유지한 마음 상태에서 진행하는 것이 정답이다.

말

        말은 무엇인가? 마음속에 있는 생각이나 감정을 상대에게 전달하는 음성적 수단이다. 말이 글이 되고 글은 그 사람이 되듯이, 말은 그 사람의 품격을 대변한다. 옛말에 한마디 말로 천 냥 빚을 갚는다, 라고도 하지만 '구시화문口是禍門'이라, 입이 재앙을 불러들이는 문이라는 뜻으로 말조심을 이르는 격언도 있다. 인류에게 말이 없었다면 어떠할까? 고래古來로 말에 대한 말들이 많다.

  우리는 말 잘하는 법을 배워본 일이 있는가? 국, 영, 수는 열심히 공부했지만 말하는 법을 배워 본 일은 없다. 상대방의 말을 잘 들어야 잘할 수 있을 것이다. 누군가의 말에 귀를 열어 놓고 경청하려면 그를 존중해 주는 마음이 있어야하고, 자연히 상대방도 나를 존중하게 된다. 남의 말을 잘 듣고 그를 진심으로 존중해 주는 말에서는 사람의 향기가 난다(이기주, 『말의 품격』)고 했다. 칭찬이나 사랑의 말은 듣는 사람에게 용기와 희망을 주지만, 일방적인 질책은 증오만 남길 뿐 아무런 도움도 되지 못한다. 남의 말을 듣지 않고 제 말만 앞세우는 사람은 사회에서 영원히 외로운 섬으로 남을 수밖에 없다.

말을 잘하는 것도 좋지만 말을 적게 하는 것이 더 좋다는 것이다. 법정 스님은 말은 안 해서 후회하는 일보다 해버렸기 때문에 후회하는 일이 많다, 라고 했다. 젊은 시절에는 옳다고 생각되면 바른말도 주저하지 않았다. 하지만 뱉어낸 말을 후회하면서 침묵이 얼마나 귀중한 것인지 살면서 배우게 되었다. 남편을 가리켜 '그이는 말하는 벙어리'라고 표현하던 부인의 얼굴에는 그는 무던하고 믿음직한 사람, 이라고 쓰여 있었다고 한다. 말 많은 남편들은 부인에게 환영받지 못하는 잔소리꾼으로 대접받기 일쑤이다. 먹히지 않는 말을 자꾸 하는 것보다 차라리 눈으로 사랑의 말이나 전하는 편이 고수일지 모른다.

세계에는 3,000가지 이상의 언어가 있다. 괴테는 『이탈리아 기행』에서 "모든 언어의 특성은 다른 나라의 언어로 번역할 수 없다"라고 했다. 가장 고상한 것으로부터 가장 저속한 것에 이르기까지 언어는 성격 기질 및 생활상태 같은 그 국민의 특이성과 연관되어 있기 때문이라는 것이다. 하기는 소월의 "사뿐히 즈려밟고 가시옵소서"를 무슨 재주로 영어나 한자로 정확하게 번역할 것인가? 세계 유명 시인들의 번역된 명시들을 읽어봐도 정지용의 「향수」 김광섭의 「마음」처럼 가슴에 깊숙이 들어오지 않는다. 외국 말은 고사하고 우리말로도 내 감정을 정확하게 전달하기 힘들다는 점을 느끼며 안타깝게 생각해왔다.

공원길을 산책하다가 까치가 소통하는 소리를 들었다. 이 나무에서 "여보 여보 깍깍" 부르니 저 나무에서 "그래 그래 깍깍" 정확하게 말을 받아 대답하는 것이다. 지난여름에는 걷던 길가에서 개미들이 죽은 지렁이 큰 덩치를 끌고 가는 것을 보았다. 서로 머리를 맞대고 상의하는 듯하더니 같은 방향으로 함께 끌고 간다. 분명 그들에게도 의사 전달 능력이 있으리라 여겨졌다. 사람들의 말이 새나 동물들 수준이라면 어떨까. 지구가 훨씬 더 조용하고 평화스럽지 않을까? 말이 없으니 글도 없었을 것이고 과학기술도 지금처럼 발달하지 않았을 터이니 대량 살상을 불러오는 무기도 큰 전쟁도 없을 것이다.

　세계 각지로 배낭여행을 자주 다니는 후배 한 분에게 의사소통을 어떻게 하며 다니는지 물어 본 일이 있다. "뭐 손짓, 발짓 다 하고 다니지요" 했다. 생각해 보니 외국인들과 몸짓body language으로 통하는 것이나 동물들이 소리로, 몸짓으로 통하는 것이 비슷할 듯싶다. 불편하지만 통하는 것이다. 이럴 바엔 차라리 인류도 새나 동물들 수준의 말만 할 수 있었으면 창공을 나는 새처럼 자유롭고 평화스럽지 않을까 상상해 본다. 현대인들은 자기가 듣고 싶은 말만 들을 뿐 타인에게 귀 기울이지 않고 살아간다. 빈 마음으로 옆 사람의 말에 조용히 귀 기울여 주는 사람의 모습은 마치 길손에게 웃음으로 인사를 보내는 들꽃처럼 아름답지 않을까.

신발

　　인간은 지구상에 몇 없는 직립보행 동물이기에 신발이 필
요하다. 원시 인간들이야 맨발이었겠지만 문명이 발달하면서 신발
이 생겼으리라. 경제 사정에 따라 변하는 문화를 좇아 신발도 바뀌면
서 종류도 다양해졌다. 베트남 파병 시절에 보니 거기 사람들은 맨발
로 다녔다. 밀림을 누비는 베트콩들도 맨발이었다. 명절에는 신발을
들고 다니는 그들을 보며 우리는 문명국가라 느꼈다. 우리 신발에
는 짚신, 나막신, 고무신, 운동화, 구두, 장화 등 종류가 많다. 길지 않
은 내 생애에도 여러 신발을 경험해 보았다. 요즘엔 발에 편한 가벼
운 신발을 주로 신고 다닌다.

　초등학교 때는 주로 고무신을 신었다. 고무신도 흰 고무신은 고급
품으로 여겼고 우리는 주로 아버지가 장날에 사 오시는 검은 고무신
을 신고 다녔다. 주위에는 나무로 깎아서 만든 나막신 볏짚으로 짠
짚신을 신고 다니는 어른들도 있었다. 비 오는 날에는 나막신이 제격
이라 했다. 옛날 한성에 과거 보러 갈 때는 짚신을 여러 켤레 메고 다
녔다고 들었다. 운동화를 신은 것은 중학교에 들어가 읍내로 통학할

때였다. 그 시절 비포장 신작로를 하루 왕복 세 시간씩 걸어서 통학할 때 떨어진 운동화 바닥으로 모래가 기어들었다. 가난했던 농촌이었기에 그처럼 고생하고 다녔던 기억은 나뿐만이 아닐 것이다. 생각하면 지금도 서글퍼진다.

신사 구두(단화)를 처음 신어본 것은 대학에 입학한 직후였다. 형이 구두 값을 주면서 종로통에 구두 가게들이 있으니 가서 사 신으라고 하였다. 거기서 발에 맞는 신발을 이것저것 신어보면서 고르던 일이 잊히지 않는다. 번듯한 구두를 사 신고 낯선 서울을 걸어 다니면서 기죽지 말라는 형의 뜻이 이심전심으로 전해졌다. 그 구두를 신고 아는 사람 하나 없는 외로운 서울 거리를 활보할 수 있었던 것은 '나도 뒤에서 봐주는 형이 있다'라는 생각이 힘이 되었기 때문이다. 그 시절엔 신발이 귀하였기에 허술하게 두면 잃어버리는 수도 가끔 있었다. 세월이 흘러 구두 종류도 수없이 많이 나오고 백화점에는 외제 신발들이 쌓여있다.

이제는 우리 집 신발장에도 여기저기서 산 신발들로 가득 채워져 있다. 15년쯤 전에 이사할 때는 구두를 한 이십 켤레를 버렸다. 경비 아저씨 권고대로 재활용 통에 넣는 대신에 앞에 늘어놓으니 얼마 안 있어 사이즈 맞는 사람들이 전부 주워갔다. 다행스러운 일이었다. 작년에는 문학 교실 모임에 홍콩에서 샀던 구두를 오랜만에 신고 갔더니 오는 길에 바닥이 덜렁거린다. 오래 신지 않던 등산화도 산에 신고 갔다가 바닥이 모두 조각으로 떨어져 내린 적이 있었다. 신발도 오래 외면하면 이렇게 심술을 부리고 사람도 오래도록 교류가 없다 보면 관계가 소원해지는 것은 사람이나 사물이나 닮은꼴이지 싶다. '눈에서 멀어지면 마음에서도 멀어진다' 했던가.

사십 대 초에 처음 신어 본 등산화는 내 건강을 되찾아 준 보물이었다. 그때 사귀던 L 박사는 그 신발을 사서 신기면서 끊임없이 산으로 이끌었다. 처음 신고 등산할 때는 관악산 초입까지만 걸어도 숨이 차서 헐떡거렸다. 술 많이 먹고 다니면서 운동을 하지 않은 까닭이다. 창피하였지만 그녀는 격려해 주었고, 여기에 힘을 얻어 계속 산에 다닌 덕택에 얼마 후에는 산등성이도 가볍게 걸을 수 있었다. 등산에 취미를 붙이니 체력이 단련될 뿐 아니라 세상이 아름답게 보이기 시작했다. 대학 동기 친목 모임인 '상록회'를 '등산회'로 개명할 정도로 산으로 많이 다녔다. 지나고 생각해 보니 그때 등산이 없었더라면 아마도 70세까지 살기도 힘들었을 듯하다. 등산화 가게에서 잘 맞는 것으로 골라주던 그녀에게 감사한 마음 지금도 잊지 않는다.

신발을 보면 걸어온 길이 보인다. 오륙십 대에는 여행을 많이 다녔는데 여행 스케줄이 잡히면 집사람이 운동화를 한 켤레씩 사 온다. 예쁜 나이키 검은 운동화를 보면 독일 라인강변을 걷던 기억이 난다. 볼품없이 비틀어진 흰 운동화를 보면 페루 마추픽추를 거닐던 생각이 나고 '뚝배기보다 장맛'이란 말에 닿는다. 모양에 비해 발이 무척 편하기 때문이다. 걷기 운동이나 장거리 보행을 할 때면 발이 편한 이 흰 운동화를 신게 된다. 사람도 외모가 아름다운 미인은 애인을 하고 배우자는 마음이 넉넉한 사람을 선택하라는 말이 있다. 이 세상 길고 험한 인생길을 걸을 적에는 외모보다 마음이 편한 짝과 함께 걸어갈 일이다.

시는 죽었나

       강남 교보문고에 갔다가 『2020 신춘문예 당선 시집』 한 권을 샀다. 읽고 또 읽어 보아도 머릿속엔 고무풍선만 둥둥 떠다닌다. 정신병원에 갔다 온 것도 같고 치매 병원에서 온종일 봉사하고 욕만 먹고 온 것 같기도 하다. 내가 덜 익은 것 같기에 좀 익어보려고 평소 버릇처럼 냇가로 걸었다. 뒤꿈치에 힘을 주고 천천히 걸으며 사색의 강에 잠기려는데 위에서 누가 말을 던진다. '詩는 죽었다'라고.

    중, 고 시절에는 가슴을 적셔주는 시들을 읽으면서 시인들을 선망했다. "나의 마음은 고요한 물결/ 바람이 불어도 흔들리고/ …/ 이 물가 외로운 밤이면/ 별은 고요히 물 위에 뜨고…"(김광섭, 「마음」)도 있었고, "한 송이 국화꽃을 피우기 위해…"(서정주, 「국화 옆에서」) 같은 아름다운 시도 많았다. 한데 시가 죽었다니? 이 의문에 들려오는 대답은 단호했다. 요즘에는 시인들이 이해하기 어려운 난해한 시를 써서 독자가 시를 떠나게 하고 있소.(유준, 「詩는 죽었다」) 시는 죽었는데 시인들의 곡哭소리는 들리지 않는다는 것이다.

심사평을 살펴보았다. "시의 정형화된 틀에서 벗어나 참신하고 자유로운 형식이 좋았다"(부산일보)라고 한다. 전에 중요시하던 시의 운율韻律보다 산문시로 가는 듯하다. 요즘은 시와 수필의 경계가 모호해지고 수필의 전성기가 올 것이라는 수필가 친구의 말이 들려왔다. 낙방시킨 이유로는 "언어가 평이하고 관념적인 사변의 진술로 치우쳐 시의 긴장을 떨어뜨린다"(매일신문)는 것이다. 詩란 근원적으로 비유적 상징적 언술이라 하지만 두세 번 읽어보면 무슨 말인지 해석이 돼야 하지 않을까? 그런 시는 단 한 편도 없었다.

길가 벤치에 앉아 검푸른 하늘을 바라보는데 얼마 전에 읽었던 책 내용이 구름 속에서 내려앉는다. '세상 모든 전문가는 자신의 전문영역을 일반인이 알아듣기 쉽게 이야기하면 밥줄이 끊어진다고 생각한다. 시인을 자처하는 이들은 있어도 시를 읽는 이들은 없다. 오늘날 시는 죽었다'(김정운, 『에디톨로지-창조는 편집이다』). 시인들의 당선 소감도 나를 허탈하게 해 준다. "시를 쓸 때는 떠오르는 대로 쓴다. 그런데도 사람들은 의미를 담아 읽어준다"(문화일보) "시라는 것은 무엇일까요. 당최 모르겠어요"(경향신문) 시인은 마음대로 쓰고 독자는 자기 생각대로 해석하라는 것인가? 올려다보는 하늘에 무책임한 먹구름만 모여든다.

난해시의 해설을 보면 시인이 말하고자 하는 내적 고백(진술)은 결국 간단하고 단순한 것이 대부분이다. 이를 독자가 이해하기 어렵게 언어를 비틀어 표현한다. 이것이 명시名詩인가? 우리말의 아름다운 서정적 표현도 찾아보기 힘들다. 난해시를 쓰고 해석하며 희열을 느끼는 시인들은 그들의 철학이 있을 터이고 오랫동안 써 온 시의 역사에서 단순하고 뻔한 언어의 한계에 부딪혀 고민도 했을 것이다. 하지만 디지털 시대를 걷고 있는 우리는 서로를 똑바로 바라보지도 않고 스치며 오늘을 살아가고 있다. 자연히 어려운 시를 외면하고 있으니 詩는 죽었다, 라는 말에 동의하게 된다.

오늘날 현대시의 문제는 난해시만 있는 게 아니다. 은유나 상상력이 결핍된, 설명식으로 나열된 싱거운 시들도 독자의 외면을 받는다. 근래에는 자유분방하게 살아가는 모바일 시대에 맞춰 사진을 곁들여 시를 쓰는 포토포엠Photopoem이나 디카시, 시화詩畵들도 활발하게 시도되는 추세이다. 물론 기존의 시詩에서 느끼는 맛과는 차원이 다르겠지만 아마도 난해시호號를 타고 멀리 떠난 독자가 가능한 많이 돌아오게 하기 위함일 것이다.

수세미 같은 머리로 돌아오는데 '아름다운 소하천'이란 냇가 표지석이 부른다. 연전에 이 앞에서 맹세한 일을 잊었는가? 묻는다. 그랬다. 무엇이 되어 보려고 애쓰지 말고 졸졸 아름다운 소하천으로 흐르리라고 이 표지석 앞에서 다짐했었다. 자연스러운 시적 표현들로 길가의 풀꽃처럼 나지막하게 내 영혼의 노래를 부르겠다고 길을 잡았었다. 詩가 죽었는지 내가 걱정할 일이 아니다. 남에게 별 관심도 없이 살아가는 세상에서 시를 쓰는 것도 자기위안이며 고독한 몸부림인지 모른다.

사진은 왜 찍을까

　　방송에서 인물을 소개할 때는 그의 옛날 사진을 줄줄이 내놓는다. 그를 이해하는 데 많은 도움이 된다. 여행 다닐 때 보면 사람들은 "남는 건 사진밖에 없어"라면서 열심히 찍어대는 모습을 본다. 자신의 흔적을 남기려는 몸부림일 것이다. 사진 찍는 방법도 무거운 카메라를 들고 다니던 시절에서 지금은 누구나 들고 다니는 휴대폰에 성능 좋은 카메라가 내장되어 있다. 격세지감을 느낀다.

　어릴 적의 사진이 없다. 처음 사진을 찍어 본 기억은 초등학교 졸업 때 단체 사진 한 장 찍은 것이 전부이다. 그때는 키가 작아서 눈을 동그랗게 뜨고 앞쪽에 서 있던 기억이 남아있을 뿐이다. 중, 고 시절에도 사진 찍어본 기억이 없다. 고교 졸업 때 기념 앨범을 만들었으나 돈이 없는 학생들은 빠져야 했다. 사진을 찍는 것이 부유한 사람들이나 하는 사치처럼 생각되던 시절이었다. 대학 예과 때 손안에 드는 카메라를 어찌 구하여 다니면서 사진 찍기에 열을 내던 때가 있었다. 일 년쯤 하다 보니 현상하는 데 용돈이 다 들어가서 그만 포기하고 말았다.

지금 사진을 찍을 때 구도 잡는 것이 나쁘지 않은 것은 그때의 영향인 듯하다. 월남 파병 기간에는 의무대 부하 병사들이 가끔 찍어 준 것이 지금도 몇 장은 남아있다. 컬러 사진이 본격적으로 등장한 것이 70년 대이니 그 이전에 찍은 사진은 모두 흑백사진이다. 그때는 흑백사진 만이 예술이라는 인식이 강한 시대였다.

우리나라 경제가 나아지면서 여행을 많이 다녔다. 해외여행을 가면 사진을 많이 찍게 된다. 차곡차곡 정리해 놓은 앨범이 책장 한 칸을 다 차지하고 있다. 별나라로 떠나기 전에 흔적을 정리할 생각으로 골라서 없애다 보니 거의가 마누라와 같이 찍은 것이고 내 독사진은 별로 없다. 사진 정리를 그만두었다. 뒤에 아내가 정리할 것이고, 인위적으로 깨끗이 정리를 한다는 것보다 순리에 맡기는 게 자연스러울 것 같았다. 영정사진이나 유언장같이 꼭 필요한 것이나 마무리할 생각이다. 수년 전에는 군軍 선배였던 Y 중령이 말벗을 찾아 진료실에 가끔 들렀었다. 마음씨가 양반이었던 그는 투병 생활을 하면서 가기 전에 사진을 모두 골라서 없앤다고 하였다. 대전에 내려갔을 때 현충원 그의 집에 들러 "모두 정리 잘하고 개운하게 누워 계시나요?" 하고 물으니 웃으면서 "할 일 다 하고 오는 사람은 없다네" 그의 대답이었다.

은퇴 후에 글을 쓴다. 시도 쓰고 수필도 쓰는 것은 남는 시간을 유용하게 보내기 위한 것이지만 생전의 내 이야기를 남기고 싶어서 시작한 것이다. 진솔하게 자신의 이야기를 쓰면서 지난 세월을 정리하며 인생을 관조해 보는 맛도 있고 마음에 맺혔던 감정을 풀어버리는 묘미도 있다. 글을 쓰다 보면 코스모스 들길을 혼자서 걸어가는 차분한 감정에 젖어 들기도 하지만, 내 글을 읽어주고 더러 칭찬해 주는 사람을 만나면 더할 수 없는 희열을 느끼기도 한다. 사람들은 남의 관심과 사랑을 받으면서 사는 것이 행복인가 보다.

사진을 왜 찍을까? 글을 쓰는 것처럼 지난날의 추억을 반추해 보고 싶은 뜻도 있을 것이고 잠시 왔다 가는 인생이 허무하여 흔적을 남기고 싶은 마음도 한 편에 자리하고 있을 것이다. 특별한 행사 때 가족사진이나 기념으로 찍어두는 사진은 몇 대를 내려 기념이 되기도 하리라. 사진 찍을 때 예쁘게 찍으려는 것도 글을 쓸 때 좀 더 잘 써보려는 것도, 나를 보다 괜찮게 남기고 싶고 남의 관심도 받기 위함일 것이다. 멀리 혹은 가까이에서 오고야 말 죽음 앞에서 '나는 누구인가?'를 잘 알고 살아가는 사람은 없다. 어쩌면 내 글이나 사진을 보고 남들이 내려주는 '나'가 나일지 모른다.

당신은 어떤 사람으로 인정받고 싶은가요?

서재書齋

    '서재'라 하면 이름 있는 교수나 학문이 높은 학자들이나 가질 수 있는 것이라 생각하였다. 학생들은 책상이나 하나 있으면 다행이라 여기며 중·고등학교를 지냈다. 어른이 된 뒤에 고향 집에 내려가 방들을 보니 이 작은 방에서 식구들과 잠자고 어떻게 구석에 책상을 놓고 공부하였는지 이해가 되지 않았다. 사람의 적응 능력이 무한하다는 생각이 들었다. 서재를 꾸미고 갖추어 보기는 육십 대 초반, 아이들 모두 나가 살면서 아내와 둘이 지내면서였다. 서재가 있다는 생각에 자신이 좀 더 귀한 존재인 것처럼 느껴졌다.

  시골집에는 검은색 나무로 된 서랍이 둘 달린 앉은뱅이책상이 하나 있었다. 이것은 공용이었는데 언제나 공부 잘하는 형이 사용하였다. 형이 서울로 대학에 들어간 뒤에는 중2였던 내가 썼다. 소박한 내 서재였다. 여기서 매일 일기를 쓰던 기억이 난다. 종이가 귀하던 시절이라 큰 형님이 쓰시던 일본 책을 일기장으로, 글씨 사이 공간을 이용하여 썼다. 나중에 일갓집 여학생이 와서 읽어보고 울고 갔다는 말을 들었다. 그만큼 일상이 고생스러운 중고등 시절을 보냈다. 뒷마루 한 구석에 놓인 책상에서 캄캄한 밤중에도 등잔불 밑에 책들을 닥치는 대로 많이 읽었다. 김래성의 탐정소설을 읽을 때는 어둠 속에서 책에 나오는 무시무시한 괴한이 칼을 들고 나타나는 듯, 겁에 질려 뒤돌아보면서 읽던 기억이다. 이때 소설가가 되겠다는 꿈을 가진 적이 있었지만 결국 포기하고 아버지 밑에서 한문을 배웠다. 한문은 책을 방바닥에 펴놓고 앉아서 소리 내어 좔좔 읽어내는 방식이니 책상이 필요하지 않았다.

휴학 일 년을 마치고 복학하였을 때에는 그 앉은뱅이책상은 안방에서 윗방을 넘어 골방으로 조용한 곳을 찾아 앉았다. 사방이 고요한 가운데 책에 빠져 있을 때 마당에서 수탉이 파란 하늘에 고개를 쳐들며 "꼬끼-요" 하고 울어델 때는 감나무에 감들이 발갛게 익어가는 계절이었다. 하루는 이웃 동네에 사시는 사촌 누님이 와서 내 방에 깔린 방석을 보고, "얼마나 오래 앉았으면 이 방석이 구멍이 났네" 하고 놀라셨다. 고3이 되면서 대학입시 공부에 전념할 때, 골방에 있던 그 책상은 사랑방으로 옮겨 앉았다. 이제 사랑방이 공부하고 잠자는 나의 서재가 되었다. 아버지는 거처를 안방으로 옮기셨고, 긴 겨울밤 주무시지 않고 매일 자정이 되면 공부하는 나를 안방으로 부르셨다. 어머니가 화롯가에 따뜻한 밥 반 그릇에 반찬은 항상 시원한 동치미를 조그만 상에 차려 주셨다. 그 후에 부모님은 잠드신다. 이것이 자식 잘되라는 부모님의 기도인 줄을 그때는 몰랐었다. 순하게 먹어주는 내가 효도하는 줄 알았다.

대학 시절에도 내 서재는 물론 없었다. 입주 가정교사 생활을 주로 했기에 방에 책상 하나 놓여 있는 것이 공부하고 잠자는 내 방이었다. 책장도 물론 없었다. 졸업 후 병원 수련의 과정을 마치고 종합병원 스태프 자리를 뒤로하고 개원하던 시절에도 진료실 책상에서 모든 일이 진행되었다. 집에도 제대로 꾸며진 서재가 없었다. 집에 방이 있어도 아이들 하나씩 주고 나면 안방을 부부가 쓰게 되는 것이다. 각자 길 찾아 떠나고 한강변 트럼프 월드 넓은 집으로 이사하면서 아내가 책상과 책장을 사서 서재를 꾸며 주었다. 26층 높은 곳에서 내려다보면 한강 철새들이 떼를 지어 날고 앉는 모습들이 한눈에 보이고 저 멀리 티 없이 파란 하늘을 받치고 서 있는 관악산, 우면산, 대모산 자락이 모두 들어오지만 거기 앉아서 차분히 할 일이 별로 없었다. 병원에 출퇴근하면서 내 물건들을 진열하고 보관하는 역할이 거의 전부였다.

은퇴한 후에 공기 좋은 산 밑으로 이사하였고 여기서는 책장도 더들여서 병원에 있던 전문 서적들도 가져와 서재가 꾸며졌다. 동 센터에서 진행하는 영어 회화와 컴퓨터를 배우면서 서재를 이용하는 시간이 늘어갔다. 육 년 전부터는 문학 교실에 나가 글을 쓰기 시작하면서 서재는 꼭 필요한 존재가 되었다. 처음에는 책을 잘 정리하였는데 지금은 아주 지저분하다. 전에 글을 쓰는 친구의 서재를 가보니 많이 늘어놓은 것을 보았다. 그때는 이해를 못 했는데 책을 몇 권 내면서 서재를 깨끗이 정돈한다는 것이 어렵겠다는 사정을 알게 되었다. 오히려 깨끗이 정리 정돈되면 두뇌 회전에 지장이 있을 듯싶었다. 시와 수필을 쓰다 보니 글머리가 튀어나오면 잠자다가 안방에서 서재로 달려와 기록하기가 번거롭고 옆에서 자는 아내의 단잠도 방해할 것 같았다. '내일 생각해서 그대로 쓰지' 하고 잠들면 이튿날 그 기억은 백지가 되어 있었다. 생각 끝에 잠자리를 서재 침대로 옮겼다.

검은 앉은뱅이책상으로 시작한 내 서재는 이제 방 두 개를 튼 넉넉한 서재로 앉아 있다. 국, 영, 수나 전문 서적을 공부하던 학창 시절을 지나 이제는 시와 수필을 중심으로 인문학 책을 읽는다. 새 책을 대할 때마다 가슴이 뛴다. 책은 지은이와의 만남이기 때문이다. 많이 읽음으로써 내 사색의 영토를 넓혀 잘 쓸 수 있게 되지 싶은 것이다. 읽을 거리가 있으면 언제나 행복한 부자가 된 느낌이고 없을 때는 가난뱅이가 된 느낌이다. 읽고 쓰다가 피곤하면 잠시 누워 쉬거나 눈을 붙이기도 하면서 서재는 석양 앞에 선 이 나그네에게 보물 1호가 되었다. 아직 책 읽을 시력을 주심에 깊이 감사하면서 살아간다. 지금 서재 밖에는 조용히 이슬비가 내린다. 뿌옇게 안개비가 섞여 내리는 창밖을 바라보면 마치 산방에 들어 참선參禪하고 있는 듯 감상에 젖는다. 언제인가 인생의 마지막 순간을, 병원 중환자실이 아니라 여기 서재에서 조용히 책을 읽다 맞을 수 있다면 행복한 고종명考終命이 될 것이라 생각한다.

슬픈 계절

창밖에는 장맛비가 온종일 두런거린다. 이런 날은 떠나간 인연들이 그지없이 아쉽고 그리워진다. 혈기 왕성하던 시절에는 하고 싶은 일도 많고 이루고 싶은 욕심도 많았지만 은퇴한 후로는 모두 졸업한 줄 알았다. 이제 내 마음에는 삶의 잡티가 모두 날아가고 언제나 고요한 호수처럼 평온함만이 남았다고 믿고 있었다. 하지만 이 며칠 사이 잔잔하던 가슴에 멍한 아픔들이 찾아든다.

아침에 느지막이 일어나는 게 습관인데 이날은 일어나서 시계를 보니 8시 45분이었다. 전해오는 카톡 글도 느긋하게 보는 편인데 기상하면서 바로 열어 보았다. (이런 일들은 신의 암시가 아닌가 하는 생각이 든다.) 'Y 님에게 전해드렸는데 연락받으셨나요. ○○○ 작고하여 오늘 11시 발인입니다.' 친구 부인에게서 온 카톡이다. Y에게 연락하니 문자는 못 보고 자기도 방금 신문을 보고 알았다고 한다. 십여 년을 기억도 잃고 기동도 못 하며 식물인간처럼 아파왔던 친구이기에, 병문안을 가 본 지도 한참이어서 장례는 꼭 참석하려고 생각했었다. 오륙십 대까지만 해도 넓은 카페 무대 위에서 "이 생명 다하도록－태워도 재가 되지 않는 진주처럼 영롱한 사랑을 피우리라" 하며 뽑아대면 얼마나 많은 손님의 박수를 받았던가. 장례 후에 미망인에게 위로의 말씀을 전하는데, 텅 빈 세상에 혼자 서있는 심정이라 한다. 동기회장과 함께 조위금은 전했지만 산 자들이 자신의 마음을 위로하는 행위일 뿐이다.

중학 동기 중에 서울에 사는 몇 사람이 오붓하게 모임을 한 지가 오래되었다. 회장을 맡은 친구에서 전화가 왔다. 이 작고 소식을 전하려고 연락해도 L에게는 "없는 전화입니다"라는 답변이 와서 이리저리 알아보니 그도 작년에 작고했다고 한다. 학생 때는 복싱 선수였고 연전에 만났을 때에도 운동으로 국궁國弓을 한다던 튼튼한 친구였다. 무소식이 희소식이라던 말은 옛말이 되었다. 우리는 지금 무소식은 몹시 나쁜 소식이 되어버린 디지털 시대를 살고 있다. 모임을 같이하던 친구가 어느 날 소식도 없이 가버리는 세상이 너무 허망하다. '죽은 여인보다 더 불쌍한 여인은 잊힌 여인'이라던가? 먼저 갔어도 그를 기억하는 친구들이 이승에 존재한다면 간 사람은 죽은 것이 아니라 친구들의 가슴속에 살아 있는 것이라 생각한다. 많은 친구가 하늘나라로 가 버리면 외로운 섬에 남겨진 내가 잊힌 존재가 될 것이다.

며칠 전에는 학교에서 은퇴했던 고향의 초등학교 동기가 갑자기 돌아갔다는 소식을 들었다. 이제 늙어서인지 아니면 기억들이 희미해져서인지 연락도 제때 오지 않는다. 매년 봄철에 한 번씩 만나는데 작년 모임에도 멀쩡하던 친구였다. 지방에는 멀어서 문상 가기도 힘든 나이가 되었다. 장례 후에 미망인의 전화를 받았다. 교장 부인 경험 때문인지 대화가 편안하다. 혈액암 진단 받은 지 2개월쯤 앓다가 갔다는 것이다. '네가 나였고 내가 너'였던 초등학교 시절, 두메산골 그의 집에 가서 자고 아침에 맑은 물에 세수할 때 뒷산에서 뻐꾸기 울어대던 생각이 난다. 사람이 죽음을 받아들이는 5단계가 '부정-분노-타협-우울- 수용'이라는데 (E. 퀴블러로스) 친구는 이 단계들을 제대로 거칠 시간도 없이 황망히 갈 길을 재촉한 듯하다. 불치의 병에 걸렸을 때 이 단계를 거쳐 마지막 '수용' 단계에 이르면 마음이 편안해지면서 세상이 아름답게 보이고 살아있는 오늘에 감사하게 된다는 것이다. 어이가 없었으리라.

지금은 잊히는 계절인가 보다. 친구들을 만나면 앞으로 몇 번이나 더 만날 수 있을까 속으로 가늠하게 된다. 슬픈 일이다. 장마로 불은 물이 소리 내며 흐르는 물가에 우두커니 외롭게 서 있던 하얀 백로 한 마리가 요즘의 내 처지인 듯 싶다. 가까운 친구 중에도 저쪽에 가 있는 사람이 꽤 되는데 그리로 가는 이들이 자꾸 속도를 내는 소식을 들을 때면 슬픈 계절을 살고 있다는 생각이다.

책의 운명

-문학서적(수필)을 중심으로

위층에 사는 노인이 무겁게 짐 꾸러미를 들고 쓰레기장으로 간다. 책들이다. 학자 출신으로 대학 총장도 지내셨으니 집안에 책이 많을 것이다. 이제 구십을 넘긴 연세에 짐을 정리하시는가 보다. 책은 저자의 머리를 거쳐 세상에 나와서 불러주는 주인을 따라 그의 서재에 들어가 동반자가 된다. 경우에 따라 사랑을 많이 받을 수도 있고 한 번의 풋사랑으로 끝나는 수도 있으리라. 그렇게 살다가 주인이 갈 때가 되면 함께 가는 것이다. 때로는 도서관에 기증되는 수도 있고 주인의 서고에 쓸쓸히 혼자 남는 수도 있지만, 대개는 저처럼 버려지는 운명이 되지 싶다.

여러 출판사에서 수많은 책이 쏟아져 나온다. 문학에 대한 책만 보아도 수백 종의 문예지가 발간되고 있다. 한국문협 회원 수만 해도 일만 오천 명에 달한다. 이들이 상재하는 책도 상당히 많을 것이다. 읽어주느냐? 처음부터 끝까지 열독해 주는 사람이 있는 반면에 첫 장이나 훑어보고 방치하는 경우, 봉투째 화분 받침 노릇이나 하는 경우,

심지어는 그대로 쓰레기통으로 들어가는 운명도 있을 것 같다. 작가의 불면不眠 속 고뇌를 휘젓고 세상에 나온 글들이 한 번도 빛을 보지 못하고 그대로 무덤으로 안타깝게 비운의 막을 내린다.

문학 분야에도 많은 명작이 사람들의 사랑을 받으며 오래도록 보전되고 그 저자들 또한 역사적 인물로 영원히 기억되고 있다. 하지만 대부분의 작가는 잠시 이목을 끌다가 소리 없이 잠겨 버리는 운명을 밟을 것이다. 그럼에도 많은 사람이 글을 쓴다. 왜 일까? 인간에게 삶이 의미 있는 까닭은 그것이 한 편의 이야기이기 때문이다. 사람은 각자의 운명을 살다가 결국 세상에서 사라진다. 가면서 자기 이야기를 남기고 싶어 한다. 그의 가족들만 볼 수 있도록 단 한 권의 책만 만들겠다는 친구는 지금도 열심히 자신의 이야기를 쓰고 있다. 책에는 저자의 마음 세계가 그려지기에 책은 바로 그 사람이라는 생각이다.

인간은 자신이 죽은 뒤에 태어날 사람들에게까지 알려지고 싶어 한다. 반면에 주위의 몇 사람에게 칭찬받는 것으로 만족을 느낄 만큼 또한 단순하다. 책도 독자에게 알려지기를 애타게 기다릴 터이다. 사람이나 책이나 누구에게 오래 기억되기를 바라는 마음은 다를 바가 없어 보인다. 먼저 간 친구 중에 마음속에 수시로 떠오르는 이가 몇이 있다. 그들의 깨끗한 마음과 티 없이 맑은 성정性情이 언제나 그리움으로 나타난다. 이는 꾸밈없이 털어놓는 아름다운 마음의 세계를 글에서 읽고 감동을 받을 때와 비슷한 아쉬움이다. 꾸미지 않은 자연스러운 글을 읽을 때 우리는 매우 감동하고 기뻐한다. 왜냐면 한 작가를 본다고 생각했는데 한 인간을 발견하기 때문이다.

잠시 여행 왔다 가는 덧없는 인생, 어찌하면 내 책과 더불어 다정한 향기로 오래 남을 수 있을까? 어떻게 외면받지 않고 사랑받는 글을 쓸 수 있을까. 글이란 결국 자기의 체험과 사색의 기록이지만 논리를 너무 앞세우면 맛이 떨어진다. 그게 말처럼 쉽지 않아서 늘 고뇌하지 않나. '세상을 깊고 넓은 시선으로 철학이 숨어 있는 마음의 세계를 문학적인 문장으로 쓰되, 글의 전개에 논리적 오류가 없도록 쓰라(김태길 수필 참조)'고 한다. 글은 소통과 공감을 필요로 한다. 평생 한 점의 그림밖에 팔지 못했던 가난하고 불운했던 천재화가 반 고흐는 "진정 예술을 원한다면 아이처럼 그려라"라고 했다. 이 말이 나에게는 '쉬운 말로 깨끗한 문장으로 솔직하게 수필을 써라'로 들린다. 오래 살아남을 수 있는 비법이다.

독자를 만나는 기쁨

어쩌다가 내 졸문을 읽어주는 독자를 생각하면 좀 더 잘 쓰고 싶은 욕심이 솟는다. 글 잘 쓰기가 왜 이리 어려운가. 비결은 많이 읽고 쓰고 생각하라는 것이다. 매주 시와 수필을 한 편씩 썼는데 이번 주에는 안개 자욱한 강에 태우러 오는 나룻배가 보이지 않듯, 글의 주제가 도무지 떠오르지 않는다. 아침에 아이디어가 나올까 하여 늦잠을 잤다. 멍한 상태가 가장 창조적이라 하여 가끔 아무 생각 없이 텅 빈 상태로 침대에 누워 있으면 글머리가 순간적으로 떠오르는 수가 있다. 이런 때 나오는 글은 주제가 뚜렷하다.

며칠 전에는 뜻밖에 기분 좋은 메일을 하나 받았다. '작가님의 글을 읽는 동안 지적이면서 격조 높은 친구를 만난 것같이 즐겁고 반가웠습니다. 오랜만에 글다운 글 마음으로 다가온 글을 읽다 보니 시간 간 줄 몰랐습니다.– 나를 전율시키는 이 명문구를 발견한 순간 작가에게 메일을 보내고 싶은 충동을 느꼈습니다.' 칭찬은 고래도 춤추게 한다는 말처럼 기분이 무척 고무되었다. 하지만 이런 칭찬의 말들은 언제나 새겨듣고 나직한 자신의 겸손을 지키려 한다. 모 도서관에서 내 수필집 『친구를 찾아서』를 읽었다는 그는 알고 보니 유능한 의사이며 글을 쓰는 수필가였다. 곧이어 그의 수상집隨想集도 받아 읽었다.

받아 본 글들을 읽고 정작 감동한 것은 나였다. 책을 읽을 때 밑줄을 긋는 습관이 있다. 다 읽고 난 뒤에 밑줄 그은 부분은 다시 한번 읽으며 컴퓨터에 기록해 놓고 수시로 열어본다. 그의 글들은 조용하면서도 읽는 이의 가슴에 아름다운 느낌과 공감을 준다. 밑줄 그은 부분의 일부를 올려 본다. "가을은 갈바람이 있어 좋다. 선들선들 앞가슴에 파고드는 가을바람은 나의 쇠잔한 정신에 맑은 기운을 불어넣는 청량제이다." "가을은 구도자의 계절이기도 하다. 울긋불긋 단풍이 든 숲에 천천히 산사山寺에 오르는 노승의 뒷모습에서 가을의 호젓함을 느낄 수 있다."(「가을 단상」) 이런 서정적인 문구뿐 아니라 「달마에게 배우다」에서는 "진정한 이해는 문장 중간에서 얻어진다. 말을 통해 얻어지는 것이 아니라 말들 사이에서, 침묵의 순간에서 얻어진다." 많이 읽고 깊이 사색한 철학적 흔적이다.

작가를 떠난 글은 독자에서 완성된다는 말이 있다. 글을 읽은 독자가 얼마나 공감하고 감동하는가에 따라서 평가된다는 뜻일 게다. 모 유명 시인의 산문을 큰 기대를 하면서 읽어 보니 시시콜콜 일상적인 일기日記에 지나지 않았다. 글을 잘 쓰기가 참으로 어렵다는 것을 실감하는 순간이었다. 글은 일단 시상詩想이나 주제主題가 좋아야 하지만 퇴고를 많이 할수록 점점 더 좋아진다는 것이다. 「소를 웃긴 꽃」이란 시를 쓴 Y 시인은 이 시를 890번 퇴고하였다고 했다. 조지훈 선생님은 「승무」를 완성하는 데 1년 6개월(구상 11개월, 붓을 들고 7개월)이 걸렸다고 한다. 나는 그렇게 까지는 열정이 부족하다. 퇴고를 반복하다 보면 뜻이 바뀌는 수도 있고 처음으로 되돌아오는 수도 있어 몇 번의 수정을 적당히 하고 만다.

글을 읽으면 그 사람이 보인다. 많이 읽고 사색하여 고매한 인품을 갖추는 것도 좋은 글을 쓰는 데 뿌리가 될 것 같다. 니체(『차라투스트라는 이렇게 말했다』의 저자)는 "글을 쓰려면 피로 써라. 그러면 너는 피가 곧 혼魂임을 알게 될 것이다"라 했다. 머리만이 아니라 온몸으로 느끼고 혼신의 노력을 다하라는 뜻일 게다. 그렇게 못하면서도 나는 글을 계속 쓴다. 황혼 앞에서 살아온 인생을 반추하다 보면 두 번 사는 느낌이 든다. 더하여 노년에 글쓰기가 있어 외로움을 잊게 하고 두뇌운동을 활발히 함으로 기억력을 유지하는 역할을 한다. 여기에 간혹 공감해 주는 독자를 이렇게 만나는 경우에는 한없는 희열을 느끼게 된다. 이 고마운 작가는 당장 만나보자고 서두른다. 독자끼리.

이 시대
우리 젊은이들의 유연성

집 맞은편 공원 한편에 도서관이 생겼다. 2년여 공사 끝에 예쁜 건물이 드디어 문을 열었다. 읽을거리가 있으면 행복해지는 내게 더없이 좋은 일이다. 선을 보는 호기심으로 가 보니 주위에 학교가 많은 관계로 어린 학생이 대부분이다. 몇 차례 들르면서 눈에 띄게 느낀 점은 거기 근무하는 직원들이 예의 바르고 친절하다는 것이다. 우리 젊은이들이 버릇없고 막 돼먹었다는 지금까지의 생각이 확실하게 바뀌는 계기였다.

처음 개관한 도서관이기에 썰렁하게 비어 있는 책장이 많이 보였다. 도움이 될까 하여 내 졸저들을 챙겨서 기증하려고 갔더니 도서 구입 예산이 많이 남아서 기증 도서는 받지 않는다는 설명이다. 그러면서 카운터에 근무 중인 젊은이가 비치된 컴퓨터 앞으로 안내하여 도서 구입 신청 요령을 자세히 가르쳐 준다. 더하여 책 찾아 보는 방법도 친절히 가르쳐 주었다. 집에 와서 생각하니 거기 직원들의 친절하고 성실한 태도가 좋은 기분으로 길게 여운을 남긴다. 헤세나 찰스

램의 저서들을 구입 신청하면서 내 졸저들도 같이 끼워 넣었다. 부끄러운 생각도 들었으나, 독자들이 보낸 칭찬의 댓글들을 생각하며 용기를 냈다. 그 후에 가 보니 신청했던 내 수필집이 들어와 있었고 누가 벌써 빌려간 상태였다. 기뻤다.

젊은이들의 교양 있는 친절을 생각하려니 몇 주 전에 경기 문화재단을 방문했던 일이 꼬리를 문다. 문학 창작지원서를 내기 위해 수원 변두리에 있는 재단을 방문했었다. 젊은 여직원은 컴퓨터에 서투른 나를 조용한 독방으로 안내하여 마치 선생님이 학생에게 일러 주듯이 꼼꼼히 설명해 주면서 지원서를 마무리해 주었다. 전화 연락을 할 때부터 담당이 정해지고, 방문하니 기다리지 않게 즉시 일을 진행해 주는 것이다. 고마움을 표시한다는 말이 겨우 '참 미인이시네요.' —몸에 맞지 않는 옷을 걸친 듯한 어색한 인사말을 했다. 그 뒤에도 신청서 교정에 대해서 카톡 문자로 문의할 때 성의 있는 답변이 지체 없이 날아온다. 살아가면서 궁금한 일이 많다. 동센터나 보훈청 같은 국가기관에 일이 있을 적에도 젊은 직원들이 정답고 성의 있게 답변해 주고 있다. 살 만한 세상이 되었다.

대략 20여 년 전에 겪은 일들이 생각난다. 독일 여행 중 캄캄한 밤에 길을 잃고, 지나던 차를 세워 도움을 청하니 그들은 차를 돌려 차분하게 안내하여 찾아주고 갔다. 그때 과연 여기가 선진국이로구나라고 생각했었다. 한 번은 서울 시내 깊고 복잡한 지하철역에서 지나는 사람들에게 길을 물었던 일이 있었다. 모두 못 본 체 물밀듯 지나가는데 한 여학생이 가던 길을 멈추고 집안 어른 대하듯 친절하게 안내해 주었다. 헤어지면서 보니 일본에서 온 유학생이었다. 그때 생각은 우리는 언제 남을 배려해 주는 선진국이 될까? 그런 선진국 문턱을 밟을 수는 있을 것인가. 넘을 수 없는 높은 벽 앞에 서 있는 기분이었다.

이번 도서관이나 문화 재단의 일을 떠올리면서 '우리 사회도 세월이 흘러 진정한 선진 사회로 발전해 가는구나'라는 생각이 들었다. 남을 도와주고 배려하려는 젊은이들의 인성이 봄에 연초록 나뭇잎들 사방에 피어나듯이 꽃피고 있다는 느낌이다. 회고컨대 단군 이래 인권이 보장되는 자유민주 체제에서 살아본 역사가 겨우 70여 년밖에 더 되는가. 나 살아남기도 버거운 시대에는 남을 위해 신경 쓸 정신이 있었겠는가? 이제 자리 잡아가는 젊은 세대들의 선진국형 유연성은, 엄격한 통제 사회보다 열심히 일하고 합당한 보수를 받는 자유와 인권이 살아있는 사회에서 더욱 발전할 것이라는 생각이다.

읽으면서 나타나는 못된 심성心性

역병疫病으로 출입도 제한을 받으니 집에 있는 시간이 많다. 이 한가한 시간을 책 읽으며 외롭지 않게 지낸다. 잠자는 시간과 산책하는 시간을 빼면 거의가 서재에서 읽고 쓰는 생활이다. 둘이서 사는 집에 내가 늘 서재에 들어 있으니 내자는 혼자서 심심해하다가 그림 교실에 취미를 붙였다. 조용한 가운데 글을 읽고 있으면 부러울 것이 없다. 한데 요즈음 읽다가 슬그머니 속에서 일어나는 고약한 마음씨를 발견하였다. 스스로 자책하지만 잘 고쳐지지 않는다.

다른 사람의 글을 읽다 보면 참으로 글쓰기가 쉽지 않다는 것을 느낀다. 모두 잘 쓰려고 노력하겠지만 읽다 보면 사유思惟 없는 잔소리나 신변잡기 같은 수필도 가끔 눈에 띈다. 이런 글을 볼 때면 '이렇게밖에 못쓰나?' 하는 생각에 아쉽고 허탈하다. 다음 순간에 슬며시 입가에 웃음이 밴다. '내 글은 이보다는 낫겠지, 대충 써도 괜찮겠지'라는 생각에서 오는 마음의 여유와 안심의 미소이다. 그다음에 따라오는 생각은 '내가 아주 못 된 인간이로구나'이다. 부실한 남의 글에 희열을 느끼다니! 이 못된 심성을 고치려고 다짐을 하건만 지금까지 잘 고쳐지지가 않는다.

시, 수필 같은 글들은 일단 저자의 손을 떠나면 느끼고 평가하는 것은 독자의 몫이다. 읽다가 공감이 가고 감동을 받는 좋은 글을 보면 복더위에 시원한 바람을 맞는 것처럼 상쾌하다. 여기서 마음에 들어오는 글귀들은 필사筆寫하였다가 글을 쓸 때 적재적소에 인용한다. 글을 쓰는 것은 언어의 마술이라 한다. 표절에 걸리지 않게 단어들을 바꾸어 쓴다. 마음속의 감정을 정확하게 표현할 어휘가 생각나지 않아 안타까울 때에 좋다. 생텍쥐페리(『성채』의 저자, 프랑스인)는 "표절이란 남의 글에서 무엇인가를 끄집어내어 자신의 훌륭한 효과를 거두는 것"이라 했다. 글을 좀 더 잘 써보고 싶은 욕망이 그 못된 미소를 아직도 붙잡고 있는 것이다.

나이 칠십을 넘어 하던 일을 정리하면서 이 세상 욕심, 질투 같은 감정에서 모두 초탈했다고 여기면서 살아왔다. 친구들과 만나서 당구를 쳐도 옛날처럼 승부에 욕심 내지 않고 그저 즐기는 것으로 만족하며 지냈다. 한데 노년에 글쓰기를 시작하면서 좋은 글을 쓰겠다는 고뇌가 이런 민망한 성품을 기르고 있는 것이다. 문장에는 작가의 체험과 사색이 모르는 사이에 함초롬히 묻어나기에 글은 바로 그 사람이라 하지 않던가? 이 못난 마음이 없어지는 날 내 글도 한층 깨끗해질 것이니 쓰기 전에 마음 수련부터 해야지 싶다.

프랑스 시인 폴 발레리는 "1612년에 쓰인 책이 1912년의 독자에게도 즐거움을 준다면 그것은 순전히 우연이다"라고 했다. 조선 중기의 상촌 신흠이나 허균의 고전 수필을 읽으면 중간에 나오는 한자 용어들이 글의 맥을 흐린다. 조선 후기 이덕무의 글을 보고 놀랐다. 글들이 모두 한자라서 원문原文의 느낌이나 생각을 바로 알 수 없고 편역자를 거쳐서 읽게 되니 아름다운 우리글의 정서가 반감된다. 한편 신세대 여성이 쓴 『일간 ○○○ 수필집』은 읽으면서 경악하였다. 20대 미혼 여성이 성性을 마음 내키는 대로 구가하고 성기의 이름도 그대로 부른다. 낯모를 신조어도 여기저기서 깃발을 흔들어대니 자유분방할 뿐 수필의 문학성이나 철학성을 찾아볼 수 없었다. 기막힌 세대차를 실감한다.

시대의 흐름에 따라 이렇게 변하고 있어, 세계 언어학자들이 지구상에서 가장 우수한 글자라 인정한 우리 한글이 원칙 없는 비속어들로 허물어지고 있는 느낌이다. 오늘 내가 고뇌를 짜서 욕심껏 쓴다 해도 세월이 가면 맛이 없는 글이 될 듯하다. 그러니 타인의 글과 비교하면서 너무 애쓰지 말고 조용히 자신과 마주 앉아 내 글을 써야지 싶다. 부처가 평생 맨발이었던 것을 상기하며 심성을 바로 잡아야겠다.

내 인생의 책

추천하고 싶은 '인생의 책'을 말해 달라 한다. 복잡하고 험난한 세상을 살아오면서 인생의 길잡이가 되어준 책이 있다. 『명심보감明心寶鑑』이다. 6·25를 겪은 후 모두 경제적으로 어려운 시대를 살고 있었다. 지금 생각하면 얼마 안 되는 액수이지만 그때는 중학교 학비도 낼 수가 없어 일 년을 휴학해야 했다. 낮에는 들에 나가 농사일을 하고 저녁과 이른 아침 시간에 아버지 앞에서 한문을 배웠다. 이때 배운 것이 『동몽선습』『명심보감』 그리고 『맹자』(7권 중 2권까지)였다.

휴학 전에는 공부건 행동이건 천방지축 방향을 모르고 헤매는 형국이었으나 이 책들을 일 년간 배우고 복학했을 때는 완전 딴 사람이 되어 있었다. 사람이 살아가는 도리를 훤하게 알아차린 것이다. 학교 성적도 단번에 우등생으로 뛰어올랐다. 『명심보감』은 고려 충렬왕 때 문신 추적이 중국 고전에 나오는 선현들의 금언과 명구들을 모아놓은 책이다. 여기에는 선행善行할 것과 분수에 맞게 살 것, 자식 된 도리를 다할 것, 일상생활에서 감정을 통제하여 맑고 청렴하게 사는 법

등 삶의 올바른 지침이 되는 모든 길을 밝혀주고 있었다.

저녁에 좔좔 글을 읽고 있으면 동네 아낙네들이 글 읽는 소리를 들으려고 물동이를 이고 가다가 사랑방 앞 살구나무 아래로 모여들곤 하였다. 『명심보감』의 첫 구절이다. "재왈子曰 위선자僞善者는 천이보지이복하고, 위 불선不善자는 천이보지이화니라." 선善을 실천하고 악惡을 범하지 말라는 말씀은 언뜻 평범한 말 같지만 인간의 행로에 기본적인 진리가 아닌가? 이 책을 읽고 배우는 형식이야 여러 가지 있겠지만 눈으로만 읽는 것보다는 옛날 서당식으로 소리 내어 줄줄 읽어가며 음미해 보는 것이 가장 좋은 방법일 것이라 생각한다.

동양의 고전 철학에 속하는 이 책은 심성이 가장 깨끗하고 세파에 물들지 않은 사춘기의 백지 위에 풍부한 설명을 곁들여 그려주는 것이 가장 효과적일 것이다. 깊이 천착하지 않는 디지털 시대에 들어 『어린이 명심보감』이란 책도 나왔지만 그 심오한 뜻이 잘 전달될지 모르겠다. 불혹을 넘은 내 자식들이 외국에서 석·박사들을 받고 귀국하여 열심히 살고 있지만, 나이 들기 전에 일 년쯤 서당을 찾아 이 책을 읽히지 못한 것이 못내 후회스럽다. 그랬었다면 이들이 인생을 좀더 겸손하고 깊이 있게 살아갈 수 있었을 것인데. 본업이 의사이니 젊은 시절에는 의학 원서 속에서 시험 지옥을 지냈다. 의업을 정리하고 은퇴한 후에 문학의 길로 들어서서 시와 수필을 읽으며 시인으로 살고 있다. S 백화점 문학 교실에 처음 입문했을 때 J 지도 교수님이 자저自著 수필집 『씨앗』을 주셨다. 이 책을 읽으면서 수필이 이렇게 아름다운 서정시로 엮일 수 있을까? 그때 느꼈던 감동이 지금도 생생하다. 나도 그런 글을 써 보려고 끊임없이 읽고 쓴다. 조선 중기의 문신이자 서예가인 상촌象村 신흠申欽 선생은 문 닫고 마음에 드는 책을 읽는 것이 인생삼락 중에 하나라고 했다. 조용히 서재에 앉아 글을 읽고 있으면 마음이 호수처럼 잔잔해지면서 무애무상無碍無想의 경지에 이른다.

2021.11.13. 용인 시민신문, '문인의 서재'

4부

주량이
얼마예요

인생 굽이

    어느덧 인생 한 굽이 넘어가는 12월이다. 붙잡으려 했던 그리움의 순간과 펼치고 싶었던 욕망의 시간이 저물어가는 한 해의 문턱이다. 오늘은 문학의·집 서울에서 출판 기념회가 있어 갔다가 돌아오는 길이다. 잔뜩 찌푸린 날씨에 는개가 눈을 섞은 듯, 몇 분의 문우와 함께 타고 오는 차 유리창을 쓸고 있었다. 고즈넉한 기분에 빠지면서 지나온 인생 굽이가 멀리서 밀려오는 파도처럼 다가왔다.

    밖에는 오늘처럼 안개비가 창가에 뿌옇게 내리고 선술집 안에서는 드럼통에 둘러서서 목청껏 불러댔다. "가런다 떠나런다 어린 아들 손을 잡고-" 그때는 월남전에서 돌아와 유격부대 군의관으로 경북 봉화에 주둔하던 20대 후반의 순진한 인생이었다. 그곳에는 돌팔이 치과의 노릇을 하던, 군 생활 중에 동상凍傷을 입어 좌측 하지 절단술을 받은 P 선생이 살았는데 저녁이면 길가의 선술집에 찾아들곤 하였다. 그분은 막걸리를 마시면서 훤히 내다보이는 술집 유리창으로 내 퇴근시간을 기다렸다. 술이 거나해지면 부르는 18번 〈유정 천리〉. '가도 가도 끝이 없는 인생길은 몇 굽이냐'라고 애절하게 절규했다. 노래 부르는 그를 보고 있으면 포기한 사람 같기도 하고 수많은 인생 굽이를 지나 달관한 사람 같기도 했다. 유리창에 내리는 빗물이 마치 마음속에 흐르는 눈물처럼 보였다. 때로는 함께 부르며 살아가는 이유를 묻고 또 물었다.

하루는 부대 의무실로 중년의 민간인이 찾아왔다. 연로하신 그의 아버지 병환을 왕진 좀 해줄 수 없는지 물었다. '의업은 봉사'라는 생각에 부대장에게 허락을 받고 그의 집으로 출발하였다. 한여름의 태양이 깊은 산골의 쥐 죽은 듯 고요한 산야를 달구고 있었다. 뼈와 가죽만 남은 노인의 진찰을 끝내자 아들 내외는 마루에 나앉은 내게 시원한 샘물에 미리 담가 놓았던 사이다를 권하였다. 그러면서 "이제 저희는 소원을 풀었습니다. 우리 아버지 청진기 진찰까지 받으셨으니." 그곳은 교통이 열리지 않은 의료 취약 지역이었다. 의료보험이 자리를 잡지 못한 시절이라 농촌에서는 환자가 생겨도 병원에 갈 엄두를 못 내던 때였다. 6, 70년대에 이런 가난한 굽이를 넘기면서도 불만을 모르던 순박한 사람들이었다. 그를 데리고 귀대歸隊하여 약을 지어주면서 가슴으로 울었던 기억이 난다.

사람들은 누구나 태어나서 슬픈 굽이, 기쁜 굽이, 어렵고 힘든 굽이를 넘기며 살아간다. 얼마 전에 힘들게 인생 굽이를 넘는 젊은이 한 분을 보았다. K 방송국의 '노래가 좋아'라는 프로그램에서 〈신라의 달밤〉을 부르던 가수였다. 그의 노래는 마치 현인이 환생한 듯 듣는 이들을 옛날로 끌고 가면서 감동을 주었다. 20세인 이 젊은이는 아버지가 일찍 떠나셨고 가정 형편이 빈한한 가운데 선천성 하체 장애가 있어 9세까지 네 번이나 수술을 받는 고난의 길을 걸었다고 했다. 힘든 굽이를 넘어오면서도 밝은 표정을 잃지 않고 조용하고 겸손한 교양이 몸태에 흐르는 것은 아마도 외할머니의 사랑의 힘이었으리라 여겨진다. 사랑은 험난한 인생 굽이를 무난히 넘을 힘을 준다. 노래를 시작하면서 "어떻게 나오게 되었나?" MC가 물으니 "하는 일마다 되는 게 없어서-"라며 슬픈 표정을 지을 때 덩달아 마음이 아팠다.

내 어릴 적 고생스럽던 기억이 기지개를 켜면서 애처로운 동병상련同病相憐을 부른다. 그때는 6·25 전란을 겪은 후라 누구나 고달픈 삶을 살았다. 많은 인생 굽이를 넘으면서 의사가 된 후 사십 대 후반에 자신의 정체성에 대하여 고뇌했던 적이 있었다. 의업은 돈만 버는 직업이 아닌 것이다. 지금까지 개업 기반을 닦은 신촌을 뒤로하고 가난한 동네 봉천동으로 병원을 이전하면서 외상 치료도 기꺼이 하며 봉사하는 마음으로 살기로 했다. 놀랍게도 이들은 모두 외상을 정확하게 갚는다. 가난한 사람들은 깨끗한 들꽃처럼 맑고 정직하게 살고 있었다. 그때까지 앞만 보고 뛰던 생활에서 내가 누구인지 보이기 시작하였다. 욕심 없이 살았던 25년의 봉천동 세월이 행복과 보람을 가져다준 가장 의미 있는 내 인생의 굽이였다.

헤세는 '슬픔이 인간을 성장시킨다'라고 했다.(『헤세를 읽는 아침』 중에서) 이 말이 〈유정천리〉를 한스럽게 부르던 P 선생에게도, 〈신라의 달밤〉을 부르는 J 가수에게도 가 닿기를 바란다. 가난하나 때 묻지 않은 사람들이 고단한 인생 굽이를 날개 펴고 힘차게 날 수 있기를 염원한다. 지금은 의업을 정리한 후 수려한 자연을 찾아 산 밑으로 이사하였다. 번잡한 서울 거리를 벗어나 철 따라 바뀌는 자연 속에서 물소리 바람 소리 새소리를 들으며 사는 것이 정말 행복해서 늘 감사하는 마음이다. 돌아보면 숨 가쁘게 인생 굽이를 넘던 때가 청춘이었다. 붉은 노을 속에서 한 줄기 석양빛이 나뭇가지 사이를 곱게 물들이며 힘든 굽이 잘 넘어왔다고 조용히 미소를 보낸다.

손발이 맞아야

세상은 더불어 살아가는 곳이다. 손발이 척척 서로 맞아야 사는 재미도 있고 일도 제대로 될 것이다. 무슨 일이든 손발이 안 맞으면 실패하기 쉽다. 농구나 야구 같은 운동경기에서도 서로 손발이 맞아야 좋은 결과가 나오고 연극이나 드라마에서도 배우들의 손발이 잘 맞아야 좋은 작품이 된다. 심지어 TV 속 변비약(메○○) 광고에서도 두 노배우의 손발이 척척 맞는 동작은, 봄바람에 버들가지가 한들거리듯 얼마나 보기가 좋은가. 손발 맞게 살아가는 사람들이 성공한 인생이고 행복한 인생이 아닌가 한다.

은퇴 후에 바쁜 일상에서 벗어나 아내와 함께 집에서 지내는 시간이 많아졌다. 가만히 보니 주부가 집에서 하는 일이 장난이 아니다. 여러 가지 건강에 좋은 음식 장만부터 빨래 청소 등 쉴 새가 없다. 옆에서 빈둥거리며 구경만 하기에는 염치없는 노릇이었다. 아침에 일어나 창문들 열고 환기하는 일만 가지고는 어딘가 부족한 것 같다. 좀 거들어 줄 것이 없는지 둘러본다.

아침 식사를 차리는 동안 믹서에 담아놓은 부추, 요구르트, 과일, 견과 등을 갈아서 두 개의 컵에 얌전히 따른다. 식사 후에는 빈 그릇을 정리해 개수대로 가져간다. 저녁을 먹고 그녀가 설거지할 때면 두 사람 자리끼를 챙겨 머리맡에 얌전히 갖다 놓는다. 일요일엔 그녀가 설거지하는 동안 거실부터 각 방마다 청소를 깨끗이 끝낸다. 빨래한 내 옷을 개 놓으면 선뜻 가져다 장에 정리한다. 기르는 관상수에 물을 주려는데, 거실 것은 자기가 주겠다고 베란다에 있는 것만 주라 한다.

시간이 나면 그녀는 거실에서 그림을 그리고 나는 서재에서 책을 본다. 그녀가 외출할 때면 주방 베란다에 쌓여 있는 쓰레기를 운동 삼아 말끔히 버려 주면서, 돌아와서 기뻐할 것을 상상해 보면 나도 좋다. 집안일을 이렇게 거들며 손발을 맞추는 것은 '사랑한다'는 말을 잘 못하는 구세대 인간이 말 대신에 하는 말이다. 이런 소리 없는 말을 아내는 또 잘 알아듣는다.

손발이 잘 맞는 일은 병원에 근무할 때도 경험하였다. 수술할 때에는 외과의와 마취의가 손발이 잘 맞아야 성공적으로 끝낼 수 있다. 집도의가 마음 놓고 수술하려면 안전한 마취가 필수적이다. 수술 사고의 일정 부분에는 마취 사고가 있다. 정형외과 의사가 드물 때, 몇 군데 개인 의원에서 골절 환자의 엑스레이 필름을 가지고 와서 수술을 부탁하는 일이 많았다. 마취과 의사 S는 이럴 때 늘 같이 다니면서 수술을 했다. 그와 함께 가면 개인 의원의 낯선 수술방 환경에서도 마음 놓고 수술을 마칠 수가 있었다. 상대를 믿을 수 있기에 가능한 일이다.

한국 사람 80%가 타인을 못 믿는다는 조사 결과가 있다고 한다.

우리 민족이 언젠가는 개선해야 할 숙제가 아닌가? 파트너와 손발이 맞으려면 상대에 대한 믿음이 있어야 하고, 남녀가 만나 가정을 이루어 손발 맞추어 살아가려면 마음 저변에 자신을 희생할 수 있는 사랑이 깔려 있어야 한다. 행복은 거저 오지 않는다.

어저께는 쓰레기를 함께 버리는데 쓰레기봉투가 꽤 무겁다. "나중에 혼자 버릴 때는 쓰레기봉투 꽉 채우려 말고 가볍게 가지고 다녀" 나도 모르게 튀어나온 말이다. 말기 질환을 살아가고 있는 내가 언젠가 별이 되었을 때 일을 일러두는 것이다. 조용히 듣고 있는 것을 보니 손발이 잘 맞는 것 같다. 이런 말을 아무렇지 않게 하고 있는 나는 해탈한 보살인가, 바보인가.

마음의 방房

굳은 비 내리는 창문을 활짝 열어 놓고 체조하는 팔월의 아침이 시원하다. 빗속을 헤치고 불어오는 바람이 싱그럽기까지 하다. 숨쉬기 운동을 하면서 생각에 잠긴다. 마음속에 비밀의 방을 만드는 일은 인생을 살아가는 지표指標를 세우는 일이 아닐까. 순탄하지 못한 세월을 거치면서도 길을 잃지 않고 오늘을 살고 있는 것도 이 비밀의 방이 내 맘속에 자리하고 있기 때문일 게다. 수십 년간 해오는 아침 체조가 호흡 운동을 비롯하여 왜 모두 여덟 번씩인가? 여기에도 작은 비밀이 숨어 있다.

어디로 튈지 모르는 천방지축의 아이였다. 공부 잘하는 사촌 이야기를 듣고 부러웠던 어머니가 "가서 아무개 똥이나 먹어라" 하고 야단치는 말도 한 귀로 들으면서 실실 웃고 다니는 철부지였다. 냇가로 큰 아이들 따라다니며 뙤약볕에서 물고기도 잡고 천렵도 하고 다녔다. 6·25 전란을 겪은 초등학교 시기에는 마음의 방이 만들어지지 않았던 것이다. 하지만 생각해 보면 이때가 인생에서 가장 행복했던 때였다. '삶은 기쁨과 고통을 배우기 전 아무 생각 없을 때가 가장 달콤하다'(파스칼, 『팡세』)라는 말에 공감한다.

중학교 휴학 시기에는 뙤약볕에 콩밭을 매면서 무논에 모심기하면서 달밤에 지게질하면서, 마음의 방에 '살길은 오직 공부뿐이다. 농사꾼으로 살 수는 없다'는 비밀을 간직하게 되었다. 늦가을 달밤에 마른 옥수숫대를 스스스 바람이 스쳐 지나면 시골 고교생은 끼룩끼룩 북으로 날아가는 기러기 떼를 바라보며 눈물 어린 이정표를 세웠다. 공부를 해야 하는 동기가 마음의 방에 굳건히 자리하였기에 좋은 성적을 낼 수 있었다. 의대를 나와 의업에 임하면서는 '환자를 내 가족처럼'이라는 가치관이 마음의 방에 조용히 들어왔다. 이것은 환자의 치료 방향을 결정할 때 기준이 되었다. 마음의 방에서 영혼이 가리키는 일들은 지난 후에 돌아보아도 후회 없는 삶이 되는 것이다.

끊임없이 카톡을 보내오는 고교 동기들이 있다. 시골에서 자라며 공부하였어도 학교 교장, 고위 공직자, 교수, 장군, 국회의원, 기업인 등을 포함하여 모두 건강한 가정을 이루고 부끄럽지 않은 가장으로 우뚝 일어섰다. 그들이 여기까지 올 때는 각자 마음의 방에 소중하게 간직한 건강한 비밀들이 있었을 것이라 생각한다. 인생은 고해苦海라 하는데 이 고해를 노래 부르며 헤쳐갈 수 있는 동력이 마음속에 묻어둔 비밀들 때문이 아닐까?

사람들은 누구나 자기만의 비밀을 간직하고 살아간다. 헤르만 헤세도 독일 남부 칼프에서 선교사의 아들로 태어나 성장기에 혼돈과 투쟁을 겪으면서 "마음속 깊은 곳에 누구도 발 들이지 못할 조용한 오두막을 만들라"고 했다. 그곳은 자신이 새롭게 태어나는 소중한 장소라는 것이다. "나의 길을 걸어라. 그러면 멀리 갈 수 있다'라고 한 그 자신도 이 오두막에 앉힌 비밀들을 통하여 자기 자신에게로 가는 길을 찾아간 듯하다.

삼십여 년간 이어오는 나의 아침 운동은 침대 위에서 그리고 거실에서 하게 된다. 윗몸 일으키기도 심호흡도 왜 모두 여덟 번씩인가? '팔십 대까지는 꼭 살아야겠다'는 비밀이 내 마음의 방에 자리하고 있기 때문이다. 이 운동을 매일 반복하면서 투병 중인 내가 날이 갈수록 뜻이 이루어진다는 희열을 느낀다. 팔십 대가 되면 인생에서 해야 할 일들이 대개 마무리되고 요절夭折의 공포에서 벗어나기 때문이다. 오 헨리O. Henry의 「마지막 잎새」가 존지에게 삶의 희망을 준 것처럼 마음의 방에서 간절히 바라면 이루어지는 힘을 받는 듯하다.

이 나이 먹도록 마음의 방에 크고 작은 비밀들을 간직하고 살아왔다. 어느덧 어둠이 내려앉은 창밖에는 장맛비가 주룩주룩 내리고 고즈넉한 집안에는 두 노인뿐이다. 코로나로 외출이 제한되어 가족이 귀하게 여겨지더니 비 오는 날 휑한 거실에서 저녁상을 차리는 마누라가 보물처럼 보인다. 저 사람이 내 마음의 방에 슬그머니 보물로 들어앉은 지는 오래되었다. 까발리면 날아갈까 봐 가끔씩 살짝 꺼내보는 중이다. 이제 모두를 하늘에 맡기고 석양 길을 걸어가니 마음은 가을 하늘에 고추잠자리처럼 가볍다.

자가 면역을 찾아서

　　친구에게서 카톡 글을 받아 읽고 회심會心의 미소를 짓는
다. 10여 년 전에 폐암을 진단 받고 수술받은 후 지금까지 살면서 그
저 감사한 마음이다. 물론 정기적으로 치료는 받고 있으며 별다른 부
작용 없이 밥 잘 먹고 살아간다. 고교 동기 중에 같은 병의 비슷한 병
기病期로 같은 병원 같은 의사에게 수술받은 친구가 네 명이나 되었
다. 짧게는 이삼 년 길게는 오륙 년을 살고 모두 떠났다. 내가 이렇게
오래 버티고 있는 것이 다행스럽고 한편으로 궁금했다. 보내온 글에
는 '내 몸을 자가 치료하는 면역호르몬'에 대한 설명이 있었다.

　지금은 일에서 물러나 건강 관리에 힘쓰며 지낸다. 충분한 수면과
몸에 좋다는 음식과 적당한 운동으로 생활하면서 마음을 비운다. 지
나온 인생을 반추하며 글을 쓰면서 스스로 행복해지는 마음이 치료
효과에 좋은 영향을 미칠 것이라 생각하며 산다. "기뻐하면 기분이
좋아질 뿐 아니라 몸의 면역력도 강화된다"라고 벌써 일 세기 전에
니체도 한 말이다. 살다 보면 정신적인 스트레스를 받는 일이 왜 없

을까마는 화를 내면 몸의 면역력이 깨지고 암을 비롯하여 여러 질병을 불러온다는 사실에 무슨 일이 있어도 마음의 평온을 허물지 않으려 한다. 웃으면 분비된다는 호르몬인 엔도르핀이 있어 자가 면역 작용을 한다는 정도는 알고 있었다. 전공이 다르니 내분비학에 대하여는 잘 모르고 지낸다. 원래 웃으면 복이 온다고 했다. 행복해서 웃는 것이 아니라도 웃으면 그냥 행복해진다고 한다.

친구의 글에는 몸을 자가 치료하는 호르몬이 엔도르핀 외에 세로토닌 도파민 다이돌핀, 이렇게 세 가지가 더 있다. 이 중에 엔도르핀 효과의 4,000배나 된다는 다이돌핀은 노래를 들을 때나 감동을 받을 때 나온다는 것이다. 암도 하루아침에 없어지게 하는 면역력이 있다고 했다. 전에 보던 TV 뉴스도 시들해져 잘 보지 않고 유일하게 즐겨보는 프로가 노래하는 시간이다. 요즘에 월요일엔 〈가요무대(KBS1)〉 화요일에는 〈노래가 좋아(KBS2)〉에 이어서 〈헬로우 트로트(MBC)〉 목요일엔 인기 많던 〈미스터 트롯〉이 끝나고 다시 〈국민가수(TV 조선)〉 토요일엔 〈불후의 명곡(KBS2)〉 일요일엔 〈복면가왕(MBC)〉 -거의 매일 저녁 이어진다. 이 시간이면 아무런 생각 없이 아내와 차를 마시며 노래를 들으며 행복해진다.

일상日常 서재에서 책을 읽거나 쓰면서 지내는 일이 많고 거실 TV 앞에 앉는 시간은 드물다. 노래하는 시간이 되면 아내가 TV의 볼륨을 크게 높인다. 음악 시간을 알리는 신호이다. 노래를 들으면 귀만 즐거운 것이 아니라 때로는 눈물이 날 정도로 마음에 벅찬 감동도 느낀다. 젊을 때는 눈물이 나면 창피해서 감추려 했지만 지금은 흐르는 대로 감정에 맡겨둔다. 구세대인 내 정서에는 구수하게 꺾이어 돌아가는 트로트가 제맛이다. 가사에 시적 표현이 많아 더욱 감명 깊게 들린다. 가요 전문 지도강사 자격증을 받은 분의 수필을 보니 트로트가 쉬운 노래가 아니다. 발음, 호흡 조절, 리듬과 음정 박자, 꺾기와 흔들기 등 공부할 것이 아주 많다고 한다. 친구가 보내준 글을 읽어보니, 저녁에 구성진 노래를 들으며 즐겁게 보낸 시간이 내 몸에 다이돌핀을 넉넉하게 공급해 준 듯하다. 여기서 무릎을 치며 내가 오래 버티는 수수께끼가 풀리는 기분이다.

　건강을 잃으면 모두를 잃는 것이라고 하지 않던가? 질병에 고통 받는 많은 환우가 우리 몸의 건강을 지켜주는 이 자가 면역호르몬들의 보호를 받았으면 좋겠다. 항암 치료를 끝내고 회복기에 있는 가족이 우울증을 얻어 삶의 의욕을 잃고 먼 산만 바라본다는 글을 읽었다. 마음 관리가 중요하다. 투병 생활을 시작하면서 모든 욕심 다 내려놓고 노래도 듣고 책도 읽으며 즐겁게 지낸다. 이렇게 내 자신을 살아갈 수 있음에 질병이 오히려 축복으로 여겨지는 때도 있다. 결국은 낙엽으로 지는 인생 화낼 일이 무엇인가? 어렸을 때 아버지께서는 치자다소癡者多笑라 하여 헤픈 웃음을 삼가도록 하셨지만 이제 세월이 많이 지났다. 순수하게 사랑하며 웃으면서 따뜻한 모습으로 늙어가고 싶다.

주량이 얼마예요

        술과 담배는 인간의 대표적인 기호품이다. 주로 남자들의 기호물이지만 요즘은 여성들도 상당한 비율로(19세 이상 여성 음주율 44.5% 2016) 즐기는 추세이다. 술 좋아하는 사람치고 악인은 없다고 한다. 술을 먹고 취기가 오르면 세상이 돈짝만 해지고 모든 근심과 걱정이 사라진다. 주량을 넘어 지나치게 취하면 주사가 나오는 수도 있지만 적당히 마시면 마음이 바다가 된다. 술 마시던 추억을 뒤적여 본다.

        술을 마시기 시작한 것은 대학 본과 고학년senior 때부터였다. 어려서는 사랑방에 아버지 친구분들이 오셔서 '청산-리 벽계수~ 야-' 시조를 읊으며 노실 때 술 심부름을 하면서 어머니 곁에 있던 술지게미를 먹고 어지러웠던 기억이 있다. 중2 휴학 시절에는 들에서 모심기하다 새참에 나오는 막걸리를 일꾼들이 권하는 대로 한 사발 마셔 본 일도 있다. 그들은 일도 장정만큼 하니 술도 마셔야 한다면서 권했다. 그뿐이었다.

        대학 때에 원남동 로터리 대포 집에서 우리 동기생들 술 시합이 있었다. 여기서 단무지뿐인 안주로 Y는 막걸리 한 말 두 되, 내가 한 말 한 되, K가 한 말을 마시고 주당으로 등극했던 일이 있었다. 별다른 오락이 없던 시절에 이런 것도 낭만이라 생각했었다. 졸업 후에는 곧바로 군에 입대했다. 장교로 임관되어 나오면서 군의학교 동기인 J 중위가 술 시합을 제안해 왔다. 그의 안내로 만리동에 방바닥도 비스듬히 기울어진 술집에서 마주 앉아 소주를 마셨다. 둘이서 11병을 마시고 그는 화장실에 나가더니 함흥차사가 되었다. 찾아보니 돌아오다 하수구에 빠졌었다. 그 후에 재도전 해왔지만 그의 주량은 나를 따르지 못하였다. 이것은 단순한 술 시합이 아니라 억압된 군의학교 훈련 생활에서 해방된 청춘의 찬가讚歌였다.

세월은 흘러 여기까지 왔는데 추억은 언제나 옛날 그 자리에 머물러 있나 보다. 사오십 대에는 술을 많이 마셨다. 친목 모임으로 서교동에 '동백회'가 있었다. 거기 멤버들은 술을 고래로 마셔댔다. 그 모임에 갔다 오면 술이 많이 취했기에 아내는 그 모임에 가는 것을 걱정할 정도였다. 일차 모임이 끝나면 가끔 이차를 가서 마시는데, 술 잘 마시는 O사장은 술 마시고 내려오다 계단에서 두 번이나 굴렀다. 한번은 주량이 세다는 젊은 C 사장과 이차로 신촌 카페로 옮겨 맥주와 조니워커를 섞어 폭탄주로 마셨다. 다섯째 잔에서 그는 슬그머니 삼십육계를 놓았다. 자연히 나는 주량이 제일 센 것으로 알려졌다. 회장인 막내 C사장은 연말에 차에 선물을 실어줄 때 참 다정도 했었다.

의사 세계에서는 수술도 잘하고 술도 잘 마셔야 알아주던 시절이었다. 여기저기 단골 카페를 다니면서 혼술로 고독을 노래할 때, 술

심웅석 수필집 | 우리를 받아줄 곳은 없나요

마시고 보는 세상은 맨정신으로 보는 것보다 훨씬 아름다웠다. 여성들은 천성적으로 모성애를 간직한 듯 외롭게 마시는 나그네에게 항상 따뜻한 마음으로 감싸 주었다. 일생 마셔댄 술값을 헤아려 보면 적지 않은 재산이 될 터이지만 조금도 아깝다는 생각은 없다. 오히려 내 인생을 가슴 후련하게 총천연색으로 색칠해 준 사실에 감사한다. 만약 앞만 보며 착실하게 살았더라면, 저쪽에 숨어 있는 세상의 재미있는 뒷모습을 보지 못 하였으리라.

술을 마시면서 다양한 사람들도 사귀게 되었다. 옛날에는 '술친구는 친구가 아니다'라면서 진정한 친구와 구별했었다. 하지만 21세기를 살아가면서 생명을 바꾸고 재산을 나눌 수 있는 옛날식 진정한 친구가 있을까? 타인에게 무관심하게 살아가는 사회에서, 만나서 반갑고 마음 터놓고 이야기할 수 있는 간격 없는 친구면 되지 않을까. 술만 마시는 술친구가 아니라 술도 적당히 마시고 즐겁게 소통하고 따뜻하게 헤아려 주는 사이면 좋은 친구일 것이다.

술을 그렇게 마시면서도 건강을 유지한 것은 '술은 항상 안주를 갖추어 먹어라'는 경고를 지킨 덕이 아닌가 생각한다. 지난 세월에 함께 술 마시던 동기생 Y교수, K원장도, O사장, C사장도 지금은 모두 하늘나라로 가고 없다. 더불어 지내던 가까운 친구들이 점차 이 세상에서 사라지는 것을 보면서 가슴에 쓸쓸한 바람이 분다. 이제는 나이 들어 건강 관리도 해야 되기에 술도 담배도 끊다시피 한 상태에서 "주량이 얼마예요?"하고 물으면 대답할 말이 없다. 저 앞 정원 길에 낙엽이 쌓인다. 이 가을도 이제 가려나 보다.

치매

마을버스를 타고 우체국에 가서 문을 밀어보니 열리지 않는다. 이번에 나온 동인지를 몇 군데 보내려던 참이었다. 썰렁하게 찬 바람만 부는 우체국 앞에 붙은 안내문을 읽어봐도 왜 문을 닫아 놓았는지 설명이 없다. 오늘이 혹시 토요일인가? 휴대폰으로 확인해보니 토요일이 맞다. 엊저녁에 토요일인 오늘 아침 9시로 맞춰 놓은 알람이 울지 않아서 오늘이 금요일인 줄 알았다. 요즘 기억력에 이상이 오는 일들이 연달아 일어나면서 치매가 오는 게 아닌지 은근히 걱정하던 중이었다. 죽음은 노년과 함께 오는 것이 아니라 '망각'과 더불어 온다 하지 않던가. 허탕을 치고 돌아오는 머릿속은 착잡하고 발걸음은 천근이다.

아침에 일어나 맨손 체조를 할 때도 숨쉬기 운동을 하다보면 그 전 단계의 팔 운동을 했는지 기억이 잘 안 난다. 한 달에 두어 번 친구들과 만나서 당구를 치는데 치다 보면 금방 내가 몇 개를 쳤는지 도무지 생각이 안 나는 때가 많아서 '혹시 치매?' 하고 걱정도 된다. 치매는 최근의 일들을 기억 못 한다지 않나. 아마도 치는 데 신경을 쓴 탓이리라 스스로 위안하던 중에 일주일 전쯤에는 사건이 발생했다. 항상 바지 오른쪽 주머니에 넣고 다니는 인감도장이 없어진 것이다. 며칠 전에 은행에서 통장 바꾸는 데 쓰고 돌려받은 기억이 없다. 부지런히 담당 직원에게 전화를 걸어 "도장을 받은 기억이 없는데요"라며 그쪽 책임이 있다는 식으로 말했다. 찾아보고 연락을 주겠다던 그 직원은 저녁때가 다 되어서야 찾아보아도 없다고 한다.

젊은 시절 같았으면 아마도 그쪽 책임을 묻는 곱지 않은 대꾸를 했을 것이다. 하지만 기다리는 동안 '내가 착각할 수도 있겠지' 도장이 없다고 해도 그쪽 입장에 서서 기분 상하지 않게 정중한 말로 대해야겠다고 마음먹고 있었다. "신경 쓰게 해드려 미안합니다. 감사합니다." 이렇게 답하면서 나도 인생을 살 만큼 살았구나, 하는 생각이 들었다. 살아가는 데 인간관계가 중요하다는 것을 깨달은 것이다. 그 직원도 미안하다는 예쁜 답이 돌아왔다. 인감을 잃어버렸다면 그 후처리는 어떻게 해야 하나? 평소 인연이 있던 K 법무사에게 전화로 문의하니 동회에 가서 인감을 갱신하면 그만이라 한다. 인감이 들어간 모든 서류를 바꿔야 되는 게 아닌지 겁을 먹던 터에 한걱정이 사라진다.

이튿날 새벽에 잠을 깨면서 침대에 누워 곰곰이 생각해 보니 둔치 길을 산책하면서 주머니에서 휴대폰을 꺼낼 때 도장도 함께 꺼내어 벤치 위에 놓았던 것 같다. 혹시나 하고 서둘러 냇가 벤치로 가서 찾아보는데, 갓밝이에 외로운 인감도장이 추위에 떨면서 반갑게 주인을 맞는다. 이틀간이나 제자리에 그대로 놓아둔 산책객들이 고맙고 이런 민도民度 높은 동네에서 산다는 것이 행복했다. 이 일로, 기억이 나면 치매가 아니라는 말에 위안받다가 오늘 우체국 앞에서 다시 망가져 버린 것이다. 걱정되어 인터넷에서 '치매 자가 진단 테스트'를 해보았다. 21항 중 5항이 찍히면서 '경도 인지장애 의심'이라 나온다. 경과를 보아 삼 년 전에 받았던 보건소 치매 검사를 다시 한번 받아야겠다.

우리나라 치매 인구는 65세 이상 노인 인구 중 치매 환자가 75만 명으로 (2019년 치매현황 보고서 10.6%) 열 명 중 한 명꼴이며 여성이 두 배 많다고 한다. 근래에는 삼사십 대 젊은 연령에도 오고 있다. 치매의 원인은 크게 분류하면 세 가지-뇌의 퇴행성 질환(알츠하이머 치매), 뇌혈관 질환 그리고 이차적 치매(뇌염 뇌종양 호르몬 장애 등)이다. 발병 삼 년 내의 초기 치매는 신경과나 정신의학과에서 치료받으면 확실히 진행을 늦출 수 있고 완치까지 기대할 수 있다고 한다. 치매도 암과 같이 초기 발견이 중요하다는 것이다. 증상으로는 기억력 감퇴, 언어능력 저하, 시공간 파악 능력 저하, 판단력 저하로 일상생활에 지장이 오고 더 진행하여 정신행동 증상(우울증, 망상 환각 증상)까지 오면 한 가정이 불행에 빠진다.

간호에 지친 가족들은 결국 요양원으로 모시게 된다. 요양원에서 지내는 치매 환자들의 일상을 보면 얼마나 메말라 보이던가. 사람들은 삶의 마지막 단계에서 가능하면 자기 집에 살면서 자신만의 삶의 이야기를 쓰고 싶어 한다. 요양원의 목적은 간호와 보살핌이다. 그러나 이 보살핌이라는 것이 규칙과 간섭이 되는 것이다. 사생활을 잃는다는 것이 노인들에게는 참으로 두려운 일이다. 원할 때 자고 원할 때 눈을 뜨는 일은 노인들의 가장 소중한 생활방식이다. 석양 앞에 선 나 그네는 단순한 기쁨이 주는 안락함을 찾는다. 맛있는 음식 얼굴에 비추는 햇살 동료애와 우정 같은 것들이 행복을 가져다준다.

서재에 부치지 못한 책가방을 던져놓고 구름 낀 마음을 정리해 볼 작정으로 천천히 산책길에 나섰다. 팔십 중반까지 사셨던 어머님이나 구십을 사신 누님이나 집안에 치매는 없었으니 유전적인 소인은 없을 터이다. 이미 보낸 내용을 카톡으로 자꾸 다시 또 보내는 친구들이 요즘 늘어가는 것을 보다가도 그들이 멀쩡하게 살아가는 것을 보면 조금은 안심이 된다. 하지만 이런 건망증이 계속되면 치매가 오지 않을까 걱정을 하면서 집에 들어오니 아내가 환하게 웃으며 "글을 쓰는 사람은 치매 안 걸린대요" 두뇌 활동을 계속하면 버팀목이 된다는 것이다. 또다시 '카톡카톡' 소리에 열어보니 친구들에게서 '노인의 멋' '주머니가 없다' 등 전에도 여러 번 받았던 내용들이 또 왔다. 이제 흰머리 이고 지난날의 애환과 추억들을 간직한 채 풀벌레 우는 가을 녘을 속절없이 걷고 있는 것이다.

2020.12.

살아가는 힘

흰 구름이 얇게 무늬진 파란 하늘을 바라보며 산책길에 나선다. 문을 나서자 맑은 햇살은 세수한 듯 깨끗한 사철나무 잎새 위에 반짝이고 오월의 장미는 빨간 청춘을 과시하며 바람을 안고 춤을 춘다. 길에는 애완견을 끌고 가는 젊은 남녀, 손을 꼭 잡고 걷는 노부부들이 평화롭다. 멀리서 멧비둘기 소리 들려오는데 길가 밭에서는 새우등처럼 둥그렇게 허리 굽은 할머니가 쉴 새 없이 상추를 뜯는다.

길가의 백여 평 채소밭은 저 할머니의 농사처이다. 농약이나 비료를 주지 않고 무공해로 채소를 기르면서 산책객들에게도 파는 모양이었다. 산책객들에게 판다는 것을 나는 작년에야 알았다. 저 지난가을, 고추 수확까지 끝낸 썰렁한 빈 밭에서 이 조그만 할머니는 "이렇게 힘들여 농사지어 봐도 임대료 주고 나면 남는 게 없어요"라고 말하면서 힘없이 해쓱하던 모습이었다. 그 모습이 잊히지 않아 이곳을 지날 때면 아마도 그 할멈은 희망 없는 앞날을 탄식하면서 몸도 약해져 오래 살지 못할 것이라 생각하고 있었다. 가끔 뙤약볕에 일하는

심웅석 수필집 | 우리를 받아줄 곳은 없나요

것을 보면서 옛날에 밭에서 고되게 일하시던 어머니 모습이 겹쳐와 마음이 아팠다.

"할머니, 오늘은 상추 좀 살 수 있나요?" 어저께는 지나면서 사려고 했더니 예약 손님들 때문에 안 된다고 했다. 옆에서는 사람들이 내일 시간 약속들을 하고 있었다. 작년에는 상추도 사고 깻잎도 사서 아내가 깻잎장아찌를 담가 맛있게 오래 먹었다. 무공해로 햇빛을 받고 자란 자연식품이기에 깻잎의 독특한 향이 살아 있었고 상추도 식품점에서 사 오는 것처럼 크지 않았고 옛날 고향에서 뜯어먹던 바로 그 맛이 났다. 할머니는 한 바퀴 돌고 30분 후에 오라고 하면서 부지런히 움직이고 있었다. 들어가는 길에 들르니 뜯어 놓은 상추를 담아 주는데, 전에 힘없이 주저앉던 사람이 아니다. 얼굴에 홍조를 띤 건강하고 힘찬 딴사람이 되었다. 날렵하게 움직이는 모습은 굽은 등과 어울리지 않을 정도였다.

길가 벤치에 앉아 몰라보게 건강하고 힘찬 모습으로 변신한 할머니의 수수께끼를 더듬어 본다. 알랭의 『행복론』을 보면, 일에 열중하면 몸과 마음에 리듬이 생겨 쾌적한 느낌을 맛볼 수 있고 일한 자리가 생겨 일종의 정복감을 느낄 수 있게 된다고 한다. 인간은 자기가 하고 싶은 일을 하면 행복해진다고 하지 않던가. 아마도 이 할머니에게 일하고 싶은 동기를 준 것은 주위 사람들의 인정을 받으며 무공해 식품을 제공한다는 긍지와 보람일 것이다. 사람들이 몰려와 예약하고 기다리는 것이 힘이 되는 것 같다. 집 주위를 다니다 보면 어린 꼬마들이 킥보드나 자전거를 의기양양하게 타고 달리는 광경을 자주 본다. 이 꼬마들도 탈수록 실력이 나아지고 아빠 엄마에게 칭찬을 받는 보람 때문에 저렇게 신이 나지 않을까.

　불가에서는 '인생은 고해苦海'라 하고, H. 헤세도 '내 인생은 목적도 계획도 의무도 없이 지독하게 쓴맛이었다'(『황야의 이리』)라고 했다. 하지만 길가에 피어 있는 한 포기 풀꽃처럼 살아가는 저 할머니는 무공해 식품을 먹겠다는 사람들의 관심과 사랑을 받으며 일하는 보람에서 고달픈 인생을 헤쳐 가는 힘을 받는 듯 대견해 보였다. 내 젊은 날에 지칠 줄 모르고 달려왔던 동력도 많은 환자의 기대와 관심 속에 그들을 치료한다는 보람을 느끼기 때문이 아니었던가. 조금 지나면 안심하고 먹을 수 있는 맛있는 풋고추가 나올 것이다. 이 지상의 생물들은 모두 자연의 섭리를 좇아 살아간다. 이제 일선에서 물러나 노년을 살면서 어디에서 살아가는 동력을 찾을 것인가? 내게도 아직 봄이 온다는 기쁨과 조용히 지나온 날들을 반추하며 글을 쓴다는 사실에 감사하는 마음이 '살아가는 힘'으로 받쳐주지 않을까 싶다.

마음의 평화는 어디서 오는가

-교통사고를 겪으며

전철역에서 친구를 태우고 인사동 그림 선생 전시회에 다녀온다던 아내에게서 전화가 왔다. 집 근처 도로에서 교통사고가 났다는 것이다. 무슨 예감인지 나갈 때 불안하여 문 앞에서 오래 배웅했었다. "다친 데는 없어?" 없다는 말에 일단 안심이다. 부지런히 가보니 우리 차 좌측 뒷바퀴 쪽을 상대 차의 우측 앞 범퍼로 받은 사고였다. 현장에 나온 보험사 직원은 별 설명도 없이 "집에 가 있으면 30분 내에 대용 차를 보내주고 사고 차량은 정비소에 넣어 수리해 주겠다"라고 하여, 한시름 놓고 집으로 와서 기다리고 있었다.

집에 와서 전화로 무슨 차를 보내줄 것인가 물으니 뉴그랜저 최신형을 보내주겠다고 한다. 기다렸다 차가 오면 받고 친구와 점심을 먹는다기에 집사람을 주차장에 남겨두고 나는 들어왔다. 얼마 후에 들어오는 그녀의 말은 아주 달랐다. 보험사에서 더 따져봐야겠다는 것이다. 교통사고는 현장의 판단이 가장 중요한데 현장에서는 어물쩍 넘기고 이제 와서 딴소리를 하는 게 아닌가. 혹여 보험 직원과 가해자 측이 무슨 관계를 갖고 결탁한 것이 아닌가 하는 의심이 들기 시작했다. 밤에 잠이 오지 않고 생각이 많아진다. 이때 마음을 다스리는 생각, '내가 틀릴 수도 있다'는 말이 그럭저럭 잠을 재워 주었다.

다음날은 가만히 있으면 안 될 것 같았다. 주차장에 내려가서 우리 차의 받힌 곳을 사진으로 찍고 가해 차의 앞 범퍼 부위를 찍어둔 사진과 함께 보험사 가입 담당자에게 보내고 현장 처리 과정의 허술함을 설명해 주었다. 일요일인데도 '내일 출근하여 보상 팀에게 알아보고 잘 처리되도록 하겠다'는 성의 있는 답변이 왔다. 그래도 마음이 놓이지 않아 현장에 나왔던 직원에게도 같은 내용으로 항의해 두었다. 이만하면 할 수 있는 일을 다 했다고 생각하니, 진인사대천명盡人事待天命이란 생각에 마음이 어느 정도 편안해졌다.

사고 후 2일째인 월요일은 내 병원 예약 날이라 상대편에게 일찍 전화하니 아침 출근 준비로 바쁘다고 한다. 현장에서는 자기가 차선을 바꾸려다 박았다고 했다더니, 이제는 차선 따라 직진 중이었다고 말을 바꾼다. 직진하면서 우리 차가 굽어진 차선을 밟고 가는 중에 박았다는 것이다. 옆에서 코치하는 여자 목소리도 들린다. 접촉 사고가 일어났을 때는 블랙박스 영상과 함께 사고 당시의 현장 사진이 중요한 판단기준이 된다. 그런 것을 알 리 없는 아내는 다른 차들의 통행을 위하여 차부터 옮겼다고 했다. 얼마 후 보상 담당 직원이 지정되어 연락이 왔다. 그에게도 가입 담당에게 보냈던 내용을 설명하고 억울한 사람 없도록 공정 무사하게 처리해 달라고 요구했다. 점점 현장에서 소홀했던 직원이 의심스러워지고 억울하게 당한다는 생각에 마음이 한참 불안해졌다.

오늘은 화요일, 사고 난 후 3일째 날이다. 보험사에서는 아직 감감무소식이다. 아마도 양측 주장이 엇갈려 결론을 내리지 못하고 있는 모양이다. 궁리해 보니 사건 내용을 정확히 파악하는 것이 중요하다는 생각이 들었다. 정형외과 의사로 교통 환자를 많이 취급해 본 경험에 의하면 해당 경찰서 사고 조사반에 알아보는 것이 제일 믿을 수 있을 것이었다. 전화를 걸고 방문하여 사고 경위를 설명했다. 젊은 경찰 한 분이 우리 차를 둘러보고 블랙박스 영상을 중년의 다른 경찰과 열어 본 후에 믿음직스럽게 보이는 중년 경찰이 다가온다. 이해가 안 되던 블랙박스를 자세히 설명해 주는데, 금을 밟고 진행한 우리의 잘못이다. 그 차의 앞부분으로 우리 뒤쪽을 받았고, 그도 차선을 바꾸려 했다는 현장 발언을 문제 삼아 더 따져볼 수도 있었다. 하지만 '있는 그대로를 받아들이면 마음이 편해진다'라고 하지 않던가.

내용을 알고 나니 마음이 왜 이리 편안해지는가? 불안하던 피해자에서 마음 편한 가해자가 된 것이다. 정당하게 대우받고 정직하게 세상을 산다는 것이, 소나기 걷히고 파란 하늘을 바라보듯 이렇게 평화스럽고 행복한 것인지를 실감하는 경험이었다. 마음을 비우고 보이는 대로 보면 이렇게 편안한 것을! 친절하게 설명해 준 경찰도 감사하고 내 항변을 신중하게 받아들이던 보험사 직원들도 고맙다. 세상은 살 만한 곳이라는 생각이 기쁨을 가져다준다.

아내가 "사고는 내가 내고 뒷수습은 당신이 하느라고 너무 애쓰네요" 그 말에 '남편은 원래 그런 거 하는 사람이라오' 속으로 웅얼거린다.

일기^{日記}를 쓰다

얼마 만에 써보는 일기인가? 고교 때 쓴 일기를 보니 단순하고 맑다는 느낌이었는데 오늘 일기는 좀 복잡할 것 같다. 하지만 삶의 무게가 한 짐이었던 젊은 시절처럼 땀 냄새가 날 것 같지는 않다. 일기는 살아가는 삶의 모습이기 때문이다. 일에서 물러난 노년의 자유 -충분히 잔 후에 침대 위에서 정해진 아침 운동을 하였다. 기상 후에는 오늘 잊지 않도록 메모해 놓은 일들- 종합소득세 신고, 우체국 일, S 전자 플라자에 들러볼 일 그리고 매일처럼 하는 산책 -이 기다리고 있다.

종합소득세(종소세) 신고를 까맣게 잊고 있었다. 어쩔 수 없이 나이 따라 찾아오는 기억력 감퇴인 듯한데 치매로 가지 않을까 걱정도 된다. 수일 전 친구의 타계를 보고 삼 년 전에 써 놓은 유언장을 정리하다가 '20년 귀속 사업장 현황신고서'를 발견하고 생각이 났다. 종소세는 수입이 있는 곳에는 어디든 따라다닌다. 연초에 '현황신고서'를 세무서에 제출하고 오월 중에 세무 신고, 납부해야 한다. 일반인들은 세법을 잘 모르기에 전문가에게 의뢰하는데, 몇 해 전에는 세무사를 바꾼 후 세금이 1/3로 줄어드는 경험도 있었다. 세법이 날이 갈수록 복잡해져 전문가들도 온전히 파악하지 못하기 때문일 것이다. 세법은 누구나 이해하기 쉽게 단순할수록 살기 좋은 사회가 아닐까. 전화해서 필요한 서류를 꼼꼼히 챙겨 세무사에게 팩스로 보내주었다.

오후에는 우체국에 가서 미국 동기들에게 책(졸저 시집)을 부치는 일이다. 전에는 두 권(시와 수필집)을 보내는 데 11,000원쯤이었지만, 코로나 이후에는 시집 한 권에 35,000원 정도라 한다. 너무 비싸서 못 보내고 있다가 생각해 보니 한 친구에게 모두 우송하고 거기서 미국 내 우편으로 보내 달라 하면 될 것 같았다. 가까운 K 박사에게 부탁하였더니 '작가님 부탁인데 해야지요'라는 답이 왔다. 이런 부탁을 할 수 있는 친구가 있다는 게 인생의 축복이다. 학생 때 친목 모임을 통하여 이루어진 인연이다. 일전에 '세상을 살아가는 데 인간 관계가 만사'라는 카톡을 받았기에, 얼른 자식들에게 보내주었다. 좋은 인간관계가 성공적인 인생을 살게 하지 않을까.

S 전자 디지털 플라자는 우체국 옆에 있기에 새로 바꾼 갤럭시 S21의 사용법을 배우기 위하여 들른다. 휴대폰 수명이 다된 것 같아 바꿨더니 사용법이 여간 복잡한 게 아니다. 쓰던 S5는 사용하는 기능들이 쉽고 편리하였는데 새로 나온 S21은 같은 기능이라도 복잡하고 어렵다. 바꿀 때 통신사에서 권해 준 것은 갤럭시 A81이었다. 전문가의 말을 듣지 않고 무엇이든 새롭고 비싼 것이 좋은 줄 아는 속물근성 때문에 받는 벌이라 생각한다. 보다 저렴한 추천 기종을 선택하여 쉽

게 사용했더라면 나이에 맞게 내려놓고 살아가는 모습이 멋도 있었을 텐데. 이 불편한 심기를 아내가 가라앉혀 준다. '용법을 알고 나면 훨씬 나을 것'이라고.

귀가하여 맛있는 '마누라 표 국수'로 늦은 점심을 먹고 느지감치 광교산 둘레길 쪽으로 산책을 나섰다. 초입에는 한복을 곱게 차려입은 누님처럼 노란 죽단화(겹 황매화) 무리가 여기저기 환영하면서 오전의 복잡했던 일과를 잊게 해 준다. 조금 지나니 산철쭉이 빨갛게 뛰어나와 마치 아이들 어렸을 때처럼 노래하고 손뼉을 친다. 언덕 위에 올라 숲속 벤치에 앉아서 둘러보는데, 흰 눈이 하얗게 내려 쌓인 듯 이팝나무 꽃들이 어머니 치맛자락처럼 사방에서 감싸준다. 가족 품에 안긴 편안한 마음으로 하늘을 올려보니 티 한 점 없는 청자 빛이다. 오전에 여러 일을 바쁘게 처리하고 늦은 오후에 자연 속에 편안히 머무르는 오늘 하루의 일과가, 마치 쫓기던 젊은 날을 거쳐서 지금까지 살아온 내 일생의 삶을 대변해 주는 느낌이다. 알고 보면 산다는 게 이렇게 오늘을 반복하면서 속절없이 저물어가는 것 아닌가.

둔치 길을 걷다가

구름 한 점 없는 유월의 하늘 아래 성복천 둔치 쪽으로 방향을 잡는다. 날씨가 덥다는 말을 듣고 반팔에 청바지 차림으로 밖에 나오니 얌전한 바람이 솔솔 불어와 햇빛에 반짝이는 나뭇잎들을 흔들고 있다. 앞산에서 들려오는 산비둘기의 구슬픈 울음소리는 마치 전원 속 생활인 듯 아늑한 행복감을 실어다 준다. 바쁠 것도 없이 여유롭게 걷는다.

건장하게 생긴 젊은이가 검은 반바지 차림에 흰 운동화를 신고 열심히 뒷걸음질을 친다. '그렇지, 앞으로 나가다 막히면 뒤로 물러서는 법도 배워야지' 젊은 시절 앞길이 막혔을 때 나는 뒷걸음질하여 적당한 선을 잡았었다. 노년에는 건강이 길을 막아섰다. 이때도 마음을 내려놓고 뒤로 걸어서 남은 인생길을 스케치했다. 앞이 막히면 뒷걸음질도 치고 돌아서도 가야 하는 게 인생길이다. 휠체어를 밀고 가는 노부부를 보면서 내 발로 걸을 수 있다면 호흡이 가빠지고 쉽게 피로해지는 정도는 행복한 투정이라 생각하며 다리에 힘을 주고 계속 걸는다.

　길가 숲에서 까치가 온통 발광하면서 짖어대는 것이 여간 시끄럽지 않다. 하지만 그들의 청춘을 구가하는 모습이라 생각하니 그 기개氣槪가 부럽고, 축복해 주고 싶은 마음이 슬그머니 고개를 든다. 삶이 아름다운 것은 서로 불러주는 사랑이 있기 때문이 아닐까? 나는 언제 저렇게 청춘을, 청춘의 낭만을 소리쳐 불러 본 적이 있었던가?

　우거진 신록-푸른 담장 사이로 유월의 장미가 군데군데 빨갛게 피어있다. 자세히 보니 꽃잎들이 조금씩 구겨져 있다. 한물간 모습이다. 동정의 눈빛으로 바라보는데 '속절없이 보낸 청춘이 아니랍니다. 오월에는 마음껏 춤추었고 아직도 낭만의 끝자락을 잡고 있답니다' 하며 방그레 말해준다. 석양 앞에 거니는 이 나그네보다 한결 낫다는 생각이 든다. 길가 밭에 고추를 본다. 모종으로 심은 지 며칠 되지 않았는데 어느새 새끼손가락만 한 풋고추가 여기저기 달려 있다. 부지런히 자라면서 파란 청춘에도 풋고추로 상에 오르고 빨갛게 익어서도 몸으로 보시하는 그 희생에서 어머니가 보인다. 평생 온몸을 내주며 살다 가신 어머니의 인생이다.

　모든 근심 깊숙이 묻고 길가에 얌전히 미소를 짓고 있는 그대는 '접시꽃 당신'인가요? 아주 건강하게 보입니다. 진실한 사랑을 한번 받아본 여인은 평생 외롭지 않다고요? 혼자 남겨지더라도 절대 기죽지 마시고 오늘처럼 밝고 명랑하게 지내시오. 밤에는 별이 되어 그대를 지켜 줄 것입니다. -곧바로 대꾸한다. '매일 걷고 건강 관리 잘해서 오래오래 곁에 있어 주세요' 꽃 주위에서 팔랑팔랑 맴도는 하얀 나비는 혹시 뇌 영혼이 예행연습을 하고 있는 것일까?

　자연 속을 걷다 보니 식물과 새와 사람의 구별이 모호해지고 생生과 사死의 경계가 희미해진다. 지나는 길목마다 많은 말벗을 만날 수 있는 이 길을 사랑한다. 먼 곳만 바라보며 헛발 디디던 젊은 날을 돌아보며 가까이에 있는 것들이 언제나 소중하다고 생각하게 된다. 청춘을 소리쳐 불러대는 까치, 아직도 낭만을 잡고 있는 유월의 빨간 장미, 일생을 몸으로 베풀려는 고추, 이런 자연의 식구들이 제각기 자신의 생을 낭비하지 않고 건강하게 살아가는 모습에서 엄연한 생명의 질서를 본다. 저들 속에서 내 인생이 이대로 끝난다 해도 지구는 여전히 돌고 태양은 내일도 이 땅 위의 숱한 생명을 품어 줄 것이라는 생각에 무상無常의 경지에 이른다.

　자연과의 만남이 주는 작은 기쁨들 속에서 내가 철학에 빠졌나 하는 느낌이다. 소크라테스(BC399)는 '인생을 바로 사는 지혜와 태연하게 죽을 수 있는 준비를 하는 것이 철학적 정신이다'라는 말을 남기고 아테네 광장에서 사라졌다. 지난날은 분초分秒를 아끼며 열심히 살아왔고 항상 긴장되던 삶이었다. 이제 남은 날을 누가 알아주지도 않는 글이나 쓰면서 자기만족에 살고 있는 이 길이 맞는 것인가. 상념 속에 걷고 있는데 옆에서 흐르는 냇물이 노래로 전해 준다. '남에게 폐 끼치지 않고 조용히 늙어가는 모습도 보기 괜찮다'고. 뭉게구름 몇 송이 떠 있는 파란 하늘에 은빛 날개를 펼치며 꿈 많은 여객기 한 대가 흘러간다.

인생무상 人生無常

인생은 별과 같다. 짝을 이루어 오래도록 빛나는 별도 있고 외롭게 반짝이다 홀로 지는 별도 있다. "어머니 곧 가실 것 같아요" 요즘 건강이 별로 안 좋다는 소식을 듣고 형과 함께 찾아뵈려던 중이었다. 생질녀의 전화를 받고 서둘러 출발하려는데 돌아가셨다고 허망한 소식이 왔다. 연세가 구십이지만 정정하셨기에 앞으로 몇 년은 더 사시리라 믿어왔던 터이다. 스님들의 염불 소리를 들으면서 편안히 눈을 감으셨다고 한다. 오랜 세월 불가에 의지하여 살아오신 독실한 불자이기에 아마도 불생불멸不生不滅이라는 열반의 경지로 떠나셨으리라 믿는다. 파란만장한 이 생生에 다시 오고 싶지 않았으리라.

6·25가 남기고 간 한 많은 세월을 고스란히 살아오신 인생이다. 아들이 없었던 누님의 장례식이 쓸쓸할 것이라 생각했다. 하지만 사위가 상주로 들어서서 그 아들딸 내외가 조용조용 일 처리하는 것을 지긋이 바라보고 있는 모습은 잘 정돈된 집안을 말해주고 있었다. 외손들은 할머니의 은근한 사랑을 회상하는 듯 처연한 모습들이다. 우리

애들도 셋이 모두 달려와 외롭던 어린 시절에 고모에게서 모성애를 느낀 듯 마음으로 애도한다. 생질녀는 "잘못한 일만 자꾸 생각나네요" 반쯤 죽은 초췌한 모습이다. 몇 달 전에 우리 집에서 잠시 지내고 싶어 하실 때 생질녀의 입장을 생각해서 선뜻 받지 못했던 일이 사무치게 후회된다. 내게 베풀어 주신 사랑을 생각할 때, 미루다 기회를 놓친 것이 한으로 남는다.

오늘 장례를 모시고 나니 지나온 날들이 주마등처럼 몰려온다. 초등학교 입학할 무렵 개구쟁이 시절에 집 뒤 앵두나무 언덕에서 누님이 깨끗이 닦아놓은 뒷마루에 흙을 한 주먹 집어 던졌다. 야단을 치면서 다시 닦으셨지만 열 살이 연상이신 누님은 언제나 이 막내에게 믿음직한 후원자였다. 초등 1학년 때 우등상을 들고 언덕 넘어 집으로 달려왔을 때 따뜻한 눈길로 칭찬해 주시던 모습은 어린 나를 들뜨게 해 주었다. 초등 2학년 때엔 학예회에 의사 역으로 나오는 내게 흰 가운을 재봉틀로 예쁘게 만들어 주셨다. 열아홉 살에 '서울에 가도 내 땅을 밟고 간다'는 충북 영동 부자 댁으로 시집을 갔다. 시댁으로 떠나던 날 신작로에 나와 헤어지며 어머니와 손잡고 하염없이 울 적에는 뒷산에서 멧비둘기도 구슬피 울어댔다.

결혼 후 곧 딸을 낳았고 이 딸이 돌 지날 무렵 6·25 전란이 났다. 서울에서 잘 살던 누님은 젖먹이를 업고 친정으로 내려왔다. 매부는 남쪽으로 피란을 갔으나 소식이 없었다. 짧은 결혼생활 동안 진정한 사랑을 받은 듯 매부가 단 한 번도 등을 보이고 잔 적이 없다고 말하였다. 순정한 사랑을 한번 받아 본 여인은 평생 외롭지 않다고 했던가(릴

케) 초등 5학년이던 내게 하루는 아버지가 "느 작은 누이 좀 잘 봐라" 하시던 말씀을 지금도 기억한다. 기다려도 소식 없는 지아비를 그리며 눈물 젖은 사연들을 써놓은 일기를 우연히 보신 것이다. 속으로 애태우는 모습이 혹시 무슨 일이라도 저지르지 않을까 많이 걱정되셨나 보았다.

서울 수복 후에는 모든 것이 무너져 버린 세상에서 누님은 삯바느질로 생계를 꾸리면서 불교에 귀의하여 독실한 불자로 마음을 의지하였다. 그래서인지 화내시는 모습을 한 번도 본 일이 없다. 세월이 흘러 생질녀는 외과의 J를 만나 결혼하였고 누님은 따로 사셨다. 형이 모시던 어머니가 팔순을 넘어서 신병치레를 하시게 되자 의사인 내 집으로 모셔왔고, 그때 어머니 뒷바라지를 위하여 누님을 청해 왔다. 어머니는 돌아가실 때까지 마음 편안하게 지내셨다. 이어서 막냇동생의 병원 살림을 관리해 주셨으니 어머니와 나를 위한 세월이 십여 년을 헤아린다. 내 생활이 안정되자 작은 아파트를 마련하여 살림을 나셨다.

누님이 팔순 되던 해, 부모님 설 차례를 지내고 모셔다 드리던 날은 온천지에 흰 눈이 수북이 쌓였었다. 그날 집에 와서 쓰레기를 버리다 눈 위에 넘어지면서 고관절 골절상을 입었고 수술 후에는 거동이 불편하여 딸이 모시고 여의도에서 살았다. 환갑을 넘긴 딸이 휠체어를 밀면서 여의도공원을 산책하노라면 지나가던 노인들이 엄지손가락을 빼 보인다는 말을 하면서 흐뭇해하시던 모습이 눈에 선하다. 젊어서는 딸을 위해, 느즈막에는 어머니와 동생을 위해 헌신하였고, 사후에는 물고기 공양이 되도록 해수장을 원하셨다. 자신을 내려놓은 보시

普施의 삶은 자손들에게 복을 내려주신 것 같다. 사위 J 박사는 칠순을 넘겨서도 의업을 계속하고 외손자 내외와 손녀사위 모두 의사 집안이 되어 건강하게 살아간다.

발인 날인 오늘 아침, 정원 나뭇가지에 추위를 견디며 애처롭게 붙어 있던 마지막 노란 잎새도 보이지 않고 한겨울 찬바람만 앙상하게 불어댄다. 입관할 때 뵈니 평소의 깨끗하고 온화한 모습이 평안하게 보인다. 형은 소리 내어 울었다. 피할 수 없는 생로병사生老病死의 인생길 앞에 나는 숙연해져 목울대로 울음을 삼키고 있었다. 우리 가족이 살아온 근대사가 한꺼번에 허물어지는 느낌이다. 한 시간 남짓에 한 줌의 재로 남는 것을 보고 공수래공수거空手來空手去란 말이 가슴에 들어온다. 추모공원에서 돌아와 지쳐서 침대에 누웠다. 누워서 누님의 해수 장을 생각하니, 바닷물에 누운 누님의 골분이나 침대 위에 누운 내 몸뚱이나 다를 바가 없어 보인다. 인생무상人生無常이다.

2019. 11. 30.

빠르면 안 되나

노년에는 무슨 일이든 천천히 살펴 가며 해야 탈이 없다. 서두르다 낙상이라도 하는 날엔 명 재촉하는 꼴이 되기에 십상이다. 하지만 쏜살처럼 빠르게 변화하는 사회에서 사람들이 이렇게 슬로모션으로 움직여도 다른 나라들과의 경쟁에서 뒤처지지 않을까. 느려도 황소걸음인가? 한편으로 걱정이 된다.

서울에 정기적으로 진료를 받으러 다니면서 보면 한남대교를 건너 남산 제1터널을 통과하면서 주행 속도가 시속 50km 낙원동을 지나면서 30km, 이렇게 30~50으로 제한되어 있다. 너무 느린 감이 들지만 우리나라 교통사고 발생률이 세계 2위(1위는 미국)에 인명 피해율은 세계 1위라는 불명예를 씻고 시민들의 안녕을 도모하려는 의도로 이해하였다. 사람들이 많이 다니는 서울 거리에서 자동차의 속도를 줄이는 것은 이해할 만했다. 며칠 전에는 속도위반 딱지가 날아왔지만, 앞으로 제한 속도를 잘 지켜야겠다고 생각하면서 아무 불만이 없었다.

심웅석 수필집 | 우리를 받아줄 곳은 없나요

오늘 일이 있어 수원 변두리에 옛날 서울농대(그전엔 수원농대) 자리를 다녀오는데 주행속도 제한이 너무 심하다는 생각이 들었다. 여기에도 30~50을 고수하고 있었다. 수원 시내 복잡한 거리의 속도 제한은 이해가 되지만, 용인에서 버들치 터널을 지나 수원으로 가는 뻥 뚫린 길에도 30~50이다. 앞차들이 모두 굼벵이 기어가는 꼴이다. 속도를 내면 곳곳에 설치되어 있는 단속 카메라에 잡히는 것이다. 더구나 50에서 30으로 바뀌는 기준을 잘 모르겠고 너무 자주 바뀌기 때문에 혼란스러웠다. 미루어 생각할 때 적어도 수도권은 모두 이런 기준일 듯하다.

느리게 주행하는 차 안에서 수원 시내가 잘 보였다. 코로나 때문인지 추운 날씨 때문인지 거리는 썰렁하고 가게들은 문 닫은 집, 불 꺼진 집, 세놓으려고 광고를 붙여 놓은 집들로 을씨년스럽다. 서울에도 요즘 들어 관광객으로 사람들이 들끓던 인사동–낙원동까지 쓸쓸한 파장 모습이다. 가라앉은 분위기에 불경기 탓인지 찬바람 속에 서둘러 귀가하려는 썰렁한 모습들뿐이다. 더하여 자동차들까지 기죽은 모습으로 기어 다니고 있으니, 바람에 들려오는 말들이 사실인가 하는 생각도 든다.

무상으로 퍼 주다 보니 국고가 바닥나서 세금을 많이 거둬들여야 된다고들 한다. 그래서 재산세나 부동산에 대한 세금도 대폭 인상하고, 혹여 속도위반 딱지도 그 일환이 아닐까 하는 상상이 얼핏 스친다. 소위 부자들의 돈을 거두어 가난한 사람들을 돕는다는 사회주의 명분으로 세금을 많이 걷는 것은 아닐까. 하지만 그런 정책은 모두를 함께 못살게 하는 결과를 가져올 것이라 생각된다. 부자들의 풍요를 왜 묵인하는가? 생텍쥐페리(『성채』, 이상각 엮음)는 바로 그 풍요를 이용하여 좀 더 고상한 무엇인가(문명)를 유지할 수 있기 때문이라 했다. 도시의 환경을 위하여 청소부들이 필요한 것과 같은 이치라는 것이다. 한 번이나 감상할까 싶은 그림이나 조각품을 그들이 사주지 않는다면 화가나 조각가들은 어찌 살아남을 수 있겠는가.

지금 우리 젊은이들은 3포 세대와 5포 세대를 넘어 N포 세대라 한다. 기죽은 젊은이들에게 도로 주행속도까지 기어가게 만들어 맥이 풀리게 해서 되겠는가? 우리나라가 교통사고로 인명피해가 많다는 통계는 해석할 필요가 있을 것 같다. 정형외과 의사로 교통사고 환자를 많이 취급했던 경험으로 보면, 사고 후 보험금을 받기 위하여 또는 유리한 입장에 서기 위하여 치료가 필요 없는 경우에도 병원에 온다. 심지어 한의원에서 이런 심리를 이용하여 교통환자 전문 입원 병원을 표방하고 환자들을 유치한다. 소위 나이롱환자인 것이다. 이런 실상을 참고하여 제한 속도를 어느 정도 올려야 한다는 생각이다. 우주선이 하늘을 나는 초스피드 시대에 우리 국민이 힘차고 활기차게 움직이는 모습을 보고 싶기 때문이다.

계간 『문파』 2022, 봄호

빛을 갚는 심정으로

문학 교실에서 수업을 마친 후 평소와 같이 문우들과 점심을 먹은 뒤에 차를 마시며 담소하다 시계를 보니 오후 3시 35분이다. 아차, 서둘러야 했다. 모교인 S대학교에서 올해 50주년 홈커밍데이 homecoming day 행사를 하는데 찬조하라고 납부서가 날아왔기 때문이다. 출근할 때, 오늘 수업을 마치고 오면서 부칠 계획이었다. 주거래처인 J은행 마감 시간이 4시 30분이니 마음이 급했다. 다행히 버스가 바로 있어 시간 안에 낼 수 있었다. 은행을 나와 냇가 길을 천천히 걸어오면서 내 인생과 모교인 S대에 대하여 생각해 본다.

길지 않은 인생이지만 우리는 여러 우여곡절을 겪으며 살아간다. 때로는 불운도 따라붙고 행운도 찾아온다. 시골 촌놈이 모두 부러워하는 대학에 다니게 된 것은 일생의 행운이었다. 물론 본인의 피나는 노력으로 시험에 합격한 것을 자랑스럽게 생각한 적도 있었다. 인생의 황혼에 서서 생각해 보니 이 학교에 다니고 졸업하고 살아오면서 많은 혜택을 입었다. 이 은혜를 모교에 되돌려 갚아야 할 빚이라 생각하였기에 적은 액수이지만 오늘 내려고 한 것이다.

국립이기에 등록금이 사립대학의 반 정도였고 (졸업 때 한 학기 등록금이 25,000원) B학점 이상이면 신청하여 수업료 면제의 장학 혜택도 받을 수 있었다. 그 시절 유일한 고학 수단인 가정교사 자리도 좋은 곳으로 쉽게 구해 다녔다. 그 뿐만 아니라 좋은 교수진 아래서 공부하였기에 전문의 시험에도 두각을 나타냈다. 학생 때 전차 안에서 앞에 앉아 있던 한 아주머니가 교복을 보더니 얼른 일어서면서 "학생 여기 앉아요" 당연한 것처럼 자리를 양보해 주던 기억이 잊히지 않는다.

의대이기에 종합병원에서 나와 개원을 할 때에도 S대 출신이라는 타이틀 때문에 환자들에게 더 믿음을 받았다. 그 밖에도 살아가는 가운데 입은 은혜가 많다. 어느 자리에 앉더라도 자신 있고 떳떳하게 처신을 해 왔고, 고향 중고등학교 친구들에게도 따뜻한 대접을 받아왔다. 복잡하고 변덕스러운 사회생활 중에도 강한 자에 약하고 약한 자에 강한 모습으로 살지 않고, 정도를 밟아 살 수 있었다. 아마 등록금이 비싼 사립대학이었다면 대학에 다닐 엄두도 못 냈을 것이다.

최근에 해당되지 않을 듯한 모 인사의 여식에게 부당한 장학금을 주었다고 대학 장학재단에 비난의 소리도 들린다. 성적 우수하고 집안 형편도 어려운 학생에게도 다 못 주는 장학금을 잘못 주었다면 비난받아 마땅하다. 하지만 어느 사회나 단체도 모두 완벽할 수는 없지 싶다. 강물도 흐르다 보면 때로는 오수汚水가 흘러들지만 큰 물줄기는 흐르면서 모두 정화되어 바다에 이른다. 이것 때문에 장학금 기부

심웅석 수필집 | 우리를 받아줄 곳은 없나요

나 동창회비 납부를 주저한다면 구더기 무서워 장 못 담그는 꼴이 될 것이다.

내가 개인적으로 받은 은혜에 비하면 모교에 되돌려 준 것은 미미하기 짝이 없다. 총동창회와 의대 동창회에 매년 이사 회비 몇 푼 내거나, 이런 홈커밍데이에 납부서가 날아 와야 쥐꼬리만큼 찬조하는 정도이니 항상 부끄럽게 생각하고 있다. 개원을 지하철 2호선 대학 사거리에서 했기에 학생들 행사에 광고비 기십만 원 내본 적은 있다. 하지만 거금을 기부한 동문의 명단을 볼 때는 '이들은 자기 몫을 확실하게 하는구나'란 생각에 그들이 존경스럽다. 좀 더 뚜렷한 되돌림을 하고 싶지만, 업을 정리하고 신병을 치료하는 중이라 마음뿐이다. 내가 아니라도 누군가 하리라는 생각이 잘못이었다는 생각에 늘 모교에 빚진 느낌으로 살아간다.

서울대 총동창신문. 2019. 12. 19.

검정 고무신에 책 보따리를 메고 달리던 마지막 세대, 굶주림을 경험하고 보릿고개를 넘긴 마지막 세대, 부모님을 모시는 마지막 세대, 성묘를 다니고 제사를 모시는 마지막 세대, 부자유친을 교육 받은 마지막 세대, 자녀들과 따로 살아가는 서글픈 세대- 이렇게 변해버린 세상에서 외로운 노년들은 스스로 알아서 길을 찾아야 한다는 것이다.

-「세월의 강」중에서

5부

세월의
강

그리운 시절

     해마다 시월이면 의대 구내 함춘회관에서 미술 문예전이 열린다. 회관 건립 기념으로 시작된 이 행사에 삼 년 전부터 시詩 2편씩 참여하고 있다. 금년에는 문리대를 졸업한 고교 선배 B 교수와 점심을 함께한 후 동행하여 둘러보았다. 의대 동문의 시와 수필들이 얌전히 벽을 장식하고 있다. 대학로에 나오니 플라타너스 넓은 잎사귀들이 정처 없이 바람에 날리고 있었다. 그 유명하던 학림다방이 어찌 이리 초라한지, 동숭동 옛날 문리대 빈자리를 바라보면서 60년 전의 추억에 젖어 든다.

     즐겨 읽던 『학원』 잡지 표지에 나오는 서울 명문고 학생들의 해맑은 모습은 꿈 많은 시골 고3을 부러움과 경쟁심에 불타게 했다. 청운의 꿈을 안고 서울로 올라왔다. 서울대 의예과, 서울내기들도 쉽지만은 않다는 명문이라 했다. 고등학교 때 공부하던 교과서 참고서의 저자(교수)들이 줄줄이 나와서 인사하였고 그들이 소개되는 걸 보고 과연 여기가 서울대학교구나 실감이 났다.

예과 1학년을 문리대 본관 뒤쪽의 단층 건물에서 보냈다. 하루는 키가 작달막한 영어 담당 K 선생님이 강의 오면서 바나나를 한 개 들고 오셨다. 그것을 쳐다보는 내게 껍질을 벗겨 반을 나누어 주셨다. 얼마나 맛있게 쳐다봤으면. ―그렇게 배고프던 시절이었나? 처음 먹어보는 바나나, 지금도 잊히지 않는다. 그 시절에는 가정교사라는 아르바이트를 하는 학우가 많았다. 매일 저녁 맡은 학생을 봐 주고 늦게야 내 공부를 시작하면 항상 뒤처진 출발선에서 달리는 기분이었다.

본과 1학년 때는 해부학 실습으로 시체를 만지고 나서 급우들과 교내 동산에 올라 도시락을 먹었다. 의대 구내에 이런 여백의 동산들도 지금은 건물들이 들어서서 삭막한 분위기가 되었다. 격세지감을 느낀다. 본과 3학년 때 E대 영문과, 불문과 학생들과 짝을 맞추어 창경궁으로 단체 데이트를 하러 간 적이 있었다. 경내에 들어서니 옆에 있어야 할 짝은 보이지 않고 급우들끼리 모여 달밤을 다독이고 있지 않은가. 보조를 맞춰 걸으며 대화했어야 하는데, 수줍어 제대로 쳐다보지도 못하고 혼자 뚜벅뚜벅 걸었으니 혼자일 수밖에. 그때 연애는 연대생이 잘하고 서울대생은 순진하고 요령이 없다는 말을 들었다.

임상을 배우기 시작한 3학년 여름 방학에는 지도 교수와 함께 무의도로 진료 봉사를 떠났다. 남해도로 지정받은 우리 팀은 거기 초등학교 교실에 진료실을 차렸고, 처음 맞은 환자는 주름진 얼굴의 허리 굽은 할머니였다. "어디가 아프세요?" "맞춰 봐유" 입을 꼭 다문다. 그 할머니의 순박한 모습이 잊히지 않는다. 밤하늘의 별들과 바다를 스쳐오는 바람, 철썩이는 파도 소리만 있으면 언제나 행복해지는 때 묻지 않은 그 영혼이.

사십 대에 등산하면서 동행한 친구들은 신입생 환영회 때 맺은 친목 그룹이다. 반 이상은 건너가서 미국 의사로 살고 여기 남은 일곱 명은 반세기가 훌쩍 넘도록 절친한 친구로 지내는 사이 두 명은 벌써 떠났다. 이들 덕분에 인생이 외롭지 않았다. 전국의 산을 두루 섭렵하였지만 관악산에 제일 자주 갔다. 내려오다 우리 관악 캠퍼스의 시원한 환경을 둘러보면서 만일 여기로 오지 않았더라면 동숭동 교정은 폭발하였겠다 싶었다. 여기로 이전할 적에는 '데모 막기 쉬운 골짜기로 옮긴다'라는 설說이 있었으나 지금 생각하면 먼 앞날을 보고 설계한 것 같다. 홈커밍데이 때 교내 잔디밭에서 사중창이 관악골에 울려 퍼지면 가슴이 뭉클하고 – 지나간 날들이 가만히 그리워진다.

서울대 총동창신문. 2022. 1. 15. '추억의 창'

광고 효과

저녁에 TV에서 트로트 음악 프로를 즐겨 본다. 보는 중에 항상 빠지지 않고 등장하는 것이 중간 광고이다. 광고료는 방송국 운영자금의 중요 부분이라는 말도 들었다. 사업하는 친구가 TV에 광고를 내려고 유명 배우 Y모 씨를 섭외하는 데 70년대 당시 7억을 지불했다는 말을 듣고 깜짝 놀란 적이 있다. P침대 사장이던 한 친구는 부도 직전에 제품을 TV 광고 판매대에 올려놓고 나서 사업을 다시 일으킬 수 있었다. 그러기에 광고의 효과는 대단한 것이라 짐작은 하고 있었다.

서재에 앉아 파란 하늘에 하염없이 흘러가는 흰 구름을 바라보는데 병아리 의사 시절의 일이 슬그머니 가슴을 누른다. 의대 졸업 후에 군에 입대하여 12주 훈련을 마치고 중위로 임관되어, 경복궁 옆에 있던 수도 육군병원에서 인턴으로 근무하던 시절이었다. 용산 철길 옆에 두 칸짜리 집에 방 한 칸을 얻어 살았는데, 마루 건넌방에는 막 피려는 목련 같은 미대 3학년 딸과 그 어머니가 살고 있었다. 하루는 그 여학생이 학교 친구들을 데리고 무작정 육군병원으로 몰려오는 게 아닌가? 나중에 들으니 엄마가 '옆방 남자는 영화배우 최 아무개보다 더 잘 생겼다'고 말했더라는 것이다. 이 한마디 말이 딸에게 옆방 남자를 띄워주는 무서운 광고효과를 낸 것이다. 이루어지지 못한 서글픈 사랑이었지만, 생각하면 순진한 가슴에 상처를 남겨준 미안함이 먼 나라의 하늘을 덮는다.

　문인들의 글도 광고효과를 받아야 빛을 본다는 것이다. 사십 대 초반에 자주 들르던 한강변 '크레지호스'라는 라이브 카페에서 술 취한 옆자리 남자가 그 일행에게 큰소리로 하던 말을 생각한다. "신문 같은 놈들이 대대적으로 선전을 해주니까 유명세를 타는 거지, C 아무개 소설 뭐가 그리 대단해?" 그 자신도 작가인 듯한 사람이 그 당시 베스트셀러였고 나도 재미있게 읽었던 최인호 님의 소설을 두고 하는 말이다. 그 말을 터무니없이 남을 폄하하는 취객의 험담으로만 생각해 왔다. 한데 지금은 글을 쓰면서 광고효과를 인정하게 되었다. 헤세의 성장소설인 『데미안』이 60년대 독서계를 휩쓸었던 것도 전혜린의 수필집 『그리고 아무 말도 하지 않았다』에서 찬양한 것이 광고효과를 낸 것이라 한다. 시내 한복판 전광판에 반짝이는 시구들도 보면 문학적 의미가 그다지 깊은 것 같지 않은데 끝없는 유명세를 타고 있지 않은가?

　중앙일보에서 정리한 베스트셀러의 변천사를 살펴보면, 질적으로 의미 있는 것이 스테디셀러로 남는 경우도 있지만 대개는 시류와 군중심리에 영합한 광고효과로 반짝 셀러였다가 쓸쓸히 사라져간다는 것이다. 하지만 기본적인 문학적 의미는 있어야 광고를 해 주겠지 수준 미달의 글이 널리 광고되지는 않으리라는 생각이다. 글을 쓰면서 삶의 구름을 벗겨내고 독자에게 다가갈 수 있는 글이 되도록 애써 볼 일이다. 최인호 님의 말처럼 마음을 비우고 혼자가 되어 절대 독자인 자신과 마주하면서 좋은 작품을 만드는 것이 글 쓰는 사람으로서 우선 할 일이지 싶다. 아마도 광고는 그 후의 일이라 여겨진다.

동전의 양면

서울에서 일을 정리하고 건강 관리를 위하여 자연을 찾아 용인으로 이사 오면서 내 인생의 젊은 날이 다 가버렸음에 서글펐다. 한데 여기서 살다 보니 슬픈 노래도 행복한 귀로 들리는 나이가 되어 좋다는 생각이 든다. 시간에 쫓기지 않고 마음 내키는 대로 사는 것이 오히려 행복이라 여겨진다. 자고 싶을 때 자고 무엇이든 취미생활도 골라서 할 수 있는 것이 기쁨이다. 산 밑 둘레길이나 냇가 둔치로 산책하면서 인간 만사는 동전의 양면과 같이 나쁜 일이 있으면 좋은 면도 있다는 생각에 이른다.

노인의 다섯 가지 좌절을 말한 사람(성호 이익 선생)이 있다. 낮에는 졸지만 밤에 잠이 오지 않고, 곡할 때는 눈물이 없고 웃을 때 눈물 나고, 돌아서면 잊어버리고 고기를 먹으면 이 사이에 다 끼고 머리는 희어지는데 얼굴은 검어지고. 반면에 다산 정약용 선생은 이런 것들이 좌절이 아니라 즐거움이라 했다. 대머리가 되니 빗이 필요 없고 이가 없으니 치통이 사라지고 눈이 어두우니 공부 안 해 편하고 귀가

안 들려 시비에서 멀어지고 붓 가는 대로 글을 쓰니 손 볼 필요가 없으며 하수들과 바둑을 두니 여유가 있어 좋다고. 이처럼 동전의 이면을 해학으로 풀어냈다.

금년 봄에는 기다리던 꽃소식보다 코로나바이러스가 앞질러 와서 세계의 정치 경제 사회에 많은 변화가 일어나고 있다. 경제는 침체의 늪에 빠져들고 세계는 보호무역으로 돌아서서 수출로 먹고사는 우리나라에 큰 타격이 올 것이다. 디지털 경제가 늘어나며 기업들은 재택근무가 확산되고 성업 중이던 국내외 여행 사업은 사양길을 걷게 될 듯하다. 대량 생산 및 소비가 위축되고 생활은 옛날로 향하게 되리라. 외출할 때 찾아 쓰는 마스크에 표정이 읽히지 않아 인간관계가 멀어지는 느낌이다. 사람들은 친구 모임 대신에 청정자연을 찾으며 더 외로워질 것이다. 반면에 인간이 멈추니 지구가 살아났다. 매일 아침 활짝 열어놓은 창문으로 싱그러운 바람이 들어와 맑은 공기를 맘껏 마시게 해 준다. 전에는 미세먼지 때문에 아침 창문을 열지 못하는 때가 많았었다. 숨을 헐떡이던 자연이 건강을 회복하는 모습이다.

이 팬데믹pandemic이 계절 따라 가버리고 이전 같은 생활이 오길 바라지만 가까운 시일 안에 올 것 같지 않다. 인류를 가장 많이 죽인 것은 핵 전쟁이 아니라 바이러스이다. (일본 핵 사망자 약 20만. 2020.7.5. 현재 세계 코로나 사망자 53만.) 이 감염병으로 선후진국을 막론하고 수많은 인명 피해가 몰아치고 있다. 반면에 늘 신경 쓰이던 핵 위협은 슬그머니 뒷전으로 물러서는 느낌이다. 만일 지금 누가 핵을 쓴다면 인류의 공동의 적敵으로 간주될 것이기에 감히 엄두도 못 낼 것이란 생각이다.

　오늘 둔치 길을 걷는데, 우리 인생사는 긍정적으로 보면 무엇이든 그 이면을 발견할 수 있고 마음먹기에 따라 행복해질 수 있다는 생각이 들었다. 가버린 젊은 시절을 아쉬워하다가 여유 있는 노년의 행복을 자연에서 찾았다. 바이러스로 많은 인명 피해를 보며 집콕 생활을 할 때 한편으론 골치 아픈 핵 공포의 걱정이 줄어들었으니 다행스러운 일이 아닌가. 깨끗한 자연이 기적처럼 돌아오고 있으며 위만 보고 뛰던 욕심 많은 인간에게 스스로를 돌아보게 하였다. 살아있음에 감사하고 함께하는 가정생활에서 가족의 귀중함을 찾게 해 주었다. 그동안 우리는 너무 먼 데서 살았다. 우울한 현실에서 좋은 반면半面을 더듬어 보는데 맑은 하늘에 흐르는 구름은 어찌 저리도 평화스러운지 모르겠다.

세월의 강

　　　　살아온 길을 돌아보면 멈춤 없는 '세월의 강'을 타고 왔다는 생각이 든다. 대학신문에서 「추억의 창」이란 지면에 실을 수필 한 편을 청탁하기에 학창 시절을 더듬어 글을 보냈더니 담당 기자에게서 답장이 왔다. '제가 잘 모르는 이야기임에도 짧은 사이 지난 시간을 함께 돌아본 것 같았습니다. 아마 동문 독자님들은 더 깊이 빠져드실 것 같아 기대됩니다' 지금 젊은 세대에게 우리 세대가 살아온 일은 '잘 모르는 이야기'가 된 것이다. 다른 나라도 아니고 백의민족 단군 자손이 이 좁은 나라에서 어깨 맞대고 함께 살아오면서 한두 세대 사이에 어찌 이렇게 달라졌다는 말인가.

　며칠 전에 친구에게서 '우리가 마지막 세대'라는 카톡을 받고 내용에 공감하면서 마음속으로 한탄한 일이 있었다. -검정 고무신에 책보따리를 메고 달리던 마지막 세대, 굶주림을 경험하고 보릿고개를 넘긴 마지막 세대, 부모님을 모시는 마지막 세대, 성묘를 다니고 제사를 모시는 마지막 세대, 부자유친父子有親을 교육 받은 마지막 세대,

자녀들과 따로 살아가는 서글픈 세대- 이렇게 변해버린 세상에서 외로운 노년들은 스스로 알아서 길을 찾아야 한다는 것이다. 행복한 인생이라는 생각이 멀리 달아난다. 어릴 적에 아버지와 우리 형제, 어머니와 누님들이 오순도순 모여 살던 고향 생각이 왜 이리 아쉬워지는가. 돌아갈 수 없는 세월의 강이다.

글을 쓰는 문학의 세계는 어떻게 달라졌나? 오프라인 세대가 막을 내리고 디지털 시대가 왔다. 버스나 전철 안에서 사람들이 책 대신에 스마트폰에 집중하는 모습이다. 이렇게 스마트폰에 깊이 중독되어 있는 사람들이 핸드폰 대신에 다시 책을 펼쳐 들기는 힘들 것이다. 디지털 시대의 문학은 깊이가 없고 흥미 위주이며 단편적이라는 비판에도, 인간이 그렇게 깊이 고민하고 파헤쳐서 무엇을 얻느냐고 묻는 것 같다. 책가방 들고 걸어서 하교하면서 뚝방길 잔디 위에 누워 - '나의 마음은 고요한 물결/ 바람이 불어도 흔들리고/ 구름이 지나가도 그림자 지는 곳'(김광섭, 「마음」)- 파란 하늘을 바라보며 시를 읽던 독서의 계절은 다시 오지 못할 세월의 강을 건넜나 보다.

이 나이에 여성을 바라보는 눈은 또 얼마나 달라졌나? 젊은 시절에 가슴 두근거리던 심장은 기운을 잃고 겨우 뛰고 있다. 이성의 매력을 찾기 전에 우선 나 자신부터 돌아보게 된다. 몸에서 냄새는 나지 않나 옷차림이 혐오감을 주지는 않을까, 누가 보기에 경망스러운 행동은 아닐까- 알아서 조심하는 것이다. 때로는 추수 끝난 들판에 쓸쓸히 서 있는 허수아비처럼 느껴질 때도 있다. 기억의 강 저쪽에는 빛나던 청춘도 있었다. 많은 이성 교제와 그들에게서 받은 사랑은, 얌전히 살았더라면 후회할 뻔한 초라한 위안으로 남는다. 이제는 다시 유턴할 수 없는 세월의 강이다.

　젊은이는 희망에 살고 노인은 추억에 산다고 했던가? 가난에 찌들고 굶주리던 반세기 전에는 남의 나라에서 보내주는 구호품으로 겨우 생명을 유지해 온 우리 국민이다. 노인 세대가 피땀으로 뛰어 세계적으로 전례가 없을 정도로 빠른 경제발전을 이룩하였다. 지금 가난을 모르고 효孝 사상이 무너지고 정의와 진리를 천착하지 않는 AI 시대는 너무 빠른 발전에서 오는 반대급부 현상인가? 하지만 우리의 과거를 돌아보면서 나아갈 길을 올바로 설계해야 할 때가 아닌가 생각한다. 이만치 와서 돌아보니 타고 온 '세월의 강'은 넓기만 하다.

아호雅號를 쓴다는 것

아호는 문인·학자·화가 등이 본명 외에 갖는 호나 별호를 높여 이르는 말, 이 사전적 의미이다. 초등, 중학생일 때 아버님이 친구분들과 이름 대신에 서로 호를 부르는 광경을 더러 보면서 '참 점잖고 어른스러운 모습'이라고 생각했다. 고고孤高한 선비의 맛이 흘렀다. 나도 이다음에 어른이 되면 그렇게 해야겠다고 생각하고 있었다. 이제 어른이 되어 아호를 써볼까 생각해 보니 도무지 어색하고 생각이 많아진다.

사십 대의 어느 날 중학 동기생 모임에서 한 친구가 호를 부르며 대화하는 것을 보고 자연스럽지 못하다는 느낌을 받았다. 하지만 자존自尊하며 살겠다는 그 친구의 생활철학이라는 것을 나는 안다.

친구 중에는 호 부르기를 좋아하는 사람이 있다. 대학 동기 친목 모임에서 유도 선수 출신의 떡 벌어진 체격을 가진 친구의 별명이 '떡판'이었다. 사오십 대 어른이 되면서 별명을 잘 지어 부르던 친구 K는 슬그머니 덕범德凡이라 점잖게 호로 바꿔 부른다.

육십 대에 접어들 무렵 아내는 역학을 공부하러 다니면서 거기 선생님에게서 내 호를 하나 지어왔다. 부르기도 까다롭고 마음에 들어오지 않았다. 등산하면서 호에 대해 박식한 문인 친구가 "호가 무엇인가?" 묻기에 알려줬더니 별로 탐탁하지 않게 여겼다. 호도 본인에게나 남이 듣기에 잘 맞는 게 있고 별로인 것이 있다. 결국 폐기하다시피 했는데 이번에는 광미사玉彌寺란 절의 호號 잘 짓는다는 주지 스님에게서 '정율正聿'이란 호를 다시 얻어왔다. 부귀영달하며 주위로부터 존경받을 이름이라 했다. 아내가 지어온 정성으로 보아 아주 버릴 수가 없어 몇 번 써보았다. 글 쓰는 친구가 또 호를 묻기에 알려줬더니 중들의 호 같다고 한다.

호는 조선 선비들의 자존심이었다. 선비들은 원래 세 가지 이름을 가졌는데 태어날 때 이름 명名, 성인식을 치른 후의 이름 자字, 그리고 세상을 살면서 본인이 짓는 호號가 있다. 호에는 자신의 사상과 철학을 담아 짓는 것이다. 정도전의 '삼봉'에는 역성혁명의 야망이 들어 있고 이이의 '율곡'에는 성리학의 유토피아 사상이 함축되어 있다는 것이다. 송시열의 '우암'에는 주자학에 물든 폐쇄적인 삶의 사상이 있다 한다. 호는 선비들이 여러 개를 지어 부를 수 있었다. '추사'와 '완당'이란 호를 주로 쓰던 김정희는 100개가 넘는 호를 가졌었다고 한다.

18세기를 지나며 호 문화는 달라진다. 자신의 생각과 철학을 표현하는 방법으로 자유롭게 한글로 짓는다. 민중 운동가인 함석헌은 '바보새'라는 호를 썼고 사회 운동가인 문익환은 늘그막에 시인의 길에 들어섰다는 뜻으로 '늦봄'이란 호를 사용하였다 한다. 김수환 추기경의 호는 옹기 장사를 하며 신앙을 지킨 부모님에 대한 상념으로 '옹기'라는 호를 지었다는 것이다. 아호는 자기 이름에 만족하지 못하는 사람들이 이름을 보충해 주고 액厄을 막아주는 역할로 지어 쓰고 있는 것 같기도 하다.

세월이 흘러 지금 21세기에는 거의 사라진 호 문화이다. 세대마다 역사도 다시 써야 한다는 말이 나올 정도로 빠르게 변하는 세상이다. 요즘은 어른이 되면 어릴 때와 달리 직접 이름 부르는 것을 피하고, ○사장, ○교수, ○원장, ○박사처럼 직함을 주로 부른다. '정율'이라는 내 호는 어쩔 것인가? 앞으로 공식적으로는 쓰지 않으려 한다. 자신을 내세우는 것 같기도 하고 어른 노릇을 하려는 듯도 하여 불편하기 때문이다. 자존自尊은 마음에 심고 겸손하게 살겠다는 나의 생활철학에도 맞지 않는다. 수년 전에 이메일 주소에 올린 심정율이라는 이름은 어떻게 고치는지 몰라서 그냥 두고 있다. 지어다 준 이의 성의를 생각해서 철저히 지우고 싶은 생각은 아니다.

병원 가는 날 2

오늘은 병원에 가는 날이다. 출발하면서 챙겨갈 것들이 무엇인가 둘러본다. 진료안내장은 아내가 백에 넣었다. 다시 둘러보아도 가지고 가야 할 것들이 아무것도 없다. 빈손이다. 언뜻 머언 하늘나라에 가는 날과 비슷하다는 생각이 든다.

3주마다 병원엘 간다. 가면 팔 걷고 피 빼서 혈액검사하고 윗옷을 벗어 흉부 엑스레이를 찍고 식당에 가서 죽 한 그릇 먹고 외래 진료 보고 기다렸다가 항암 주사 맞고 돌아오는 일이다. 처음에는 병이 재발하거나 악화되지 않고 그대로 유지되는 것이 한없이 감사하고 행복했었다. 이 과정이 몇 년 계속되니 이제는 지루하다는 생각이 든다. 산 사람의 마음이 변덕스러운 것이다. 오랫동안 하늘나라에 가까이 지내다 보니 이승과 저승에 걸쳐서 살아가는 느낌이다. 인간은 항상 양쪽에 걸쳐 살아가는 존재가 아닐까? 죽음 앞에서 보니 삶의 의미가 더 소중해지고 착하게 살아야지 싶은 것이다.

병원에서는 담당의를 잘 만나는 것도 행운이다. 진료 결과가 좋으려면 의사와 환자의 관계가 좋아야 한다. 의사인 나도 환자가 되니 다를 바가 없다. 이 환자가 내 선배라 해서 대접해 주는 시대는 지났다. 대학병원 원장급이 2, 30년 후배들이니 오히려 귀찮은 부담만 줄 뿐이다. 문진 시에 자연적으로 나오는 의학용어를 그대로 쓰면 알아서 의사인 줄 안다. 간혹 물으면 알려주면 된다. 일선에서 뛰던 시절, 병실 회진 때는 수련의들과 실습 나온 학생들 십여 명씩 뒤따르던 생각하면 안 된다. 동기생 한 분은 병원에만 갔다 오면 불만이 많다. 의사들이 무례하다는 투다. 아마도 '내가 몇 회 졸업이오'라 말하는 것이 아닌지 궁금하다. 겸손해야 대접받는 시절이다.

폐암 진단으로 수술받은 지가 12년이 되고 재발하여 4기로 항암 치료 받은 지가 8년이 된다. 이런 우리나라의 의학 수준을 한없는 축복으로 생각한다. 죽음 앞에 서면 모든 것이 감사하고 보이는 세상이 모두 아름답다. 아침에 창문을 열면 새소리와 함께 들어오는 시원한 바람도 감사하고 졸졸 소리 내며 흐르는 냇가 길을 걸을 수 있는 것도 감사하다. 흰 구름 흐르는 파란 가을 하늘도 아름답고 연둣빛 숲속에 꽃피는 봄날의 정원도 아름답다. 숨 쉬고 살아있는 오늘에 감사하게 된다.

세계 첨단을 걷는 이런 의학계에 요즘 걱정이 많다. (전)정부에서 추진하던 정책들 때문이다. 그중 하나는 공공의대를 설립하여 특정 단체 추천으로 학생들을 선발하고(입학시험 없이), 무료 교육으로 정부가 필요한 지역에 의무 복무를 시킨다는 것이다. 의료사회주의로 가는 길이다. 북한의 의료 수준을 보라. 일이 있을 때마다 외국 의료

진을 불러들이지 않던가. 힘없는 서민들의 질병은 어떻게 치료받을지 상상해 보았는가? 이런 정책들이 계속된다면 하루가 다르게 발전하는 의학에서 우리나라는 종래 저질 의료에 시달릴 것이다.

환자인 나를 선배로 대해주는 담당 교수는 얼마 전에 '세계 1% 연구자'에 선정되었다. 어느 환자에게도 따뜻한 마음을 주는 진정한 의사이다. 갈 때마다 정문 쪽에 있는 약국으로 약 타러 가기가 번거로워 처방을 많이 해 달라고 하니 9주분을 해준다. 주사를 기다리는 사이에 아내와 함께 약국으로 간다. 약국에 가는 길에는 노란 은행잎들이 깔려 있다. 돌담을 끼고 이 길을 오갈 적에 아내는 아무 말 없이 내 손을 꼭 잡고 걷는다. 아마도 내가 사라졌을 때를 상상하면서 추억을 남기려는 듯하다.

'효'孝에 대한 사색

인간이 살아가는 도리를 밝혀주는 책『맹자』를 읽다 보면 이 세상 삼천 가지 죄 중에 으뜸은 불효라 했다. 낳아 길러주신 부모에게 불효하는 자식은 인간의 기본이 되지 않았다는 뜻일 게다. 무슨 일인들 반듯하게 해낼 수 있을까? 효의 길을 걷는 사람이라야 성격이나 인품이 바르고 선량할 것이기 때문이다. 기성세대에는 불문율로 내려오는 삶의 도리였다. 도대체 '효도한다'는 것이 무엇인가?

진정한 효도는 부모의 뜻을 받들어 마음을 편하게 해드리는 것이라 한다. 중학생 때 감나무에서 떨어지는 홍시를 어머니가 우리에게만 자꾸 먹으라 하시기에 '안 드시면 땅에 던저버린다'고 억지로 잡숫게 하면서 스스로 효자인 줄 알았다. 하지만 알고 보니 조용히 맛있게 받아먹던 고등학생인 형이 어머니의 마음을 편하게 해드린 진짜 효자였다. (전에 「홍시」란 글에 쓴 일이 있다) 젊었을 적에 내 마음의 한편에는 언제나 고생하시는 부모님의 모습이 그림자처럼 따라다녔다. 얼른 커서 경제적으로 효도해야겠다는 생각이었는데, 대학 2학년 때 아버님은 겨우 환갑을 넘기시고 뇌출혈로 갑자기 돌아가셨다. 그때의 허망함이라니! 급보를 듣고 내려가는 버스 길에는 무슨 비가 그렇게 서럽게 내리던지.

친구에게서 옛날을 회상케 하는 카톡 글이 왔다. 땟거리가 없는 엄마는 어린 아들 도시락에 앵두를 주워 싸 주었다. 집에 돌아온 아들이 학교에서 창피를 당했다고 골을 부리자 엄마는 무안해하며 소리 없이 사라졌다. 부엌으로 간 엄마는 소리 나지 않게 옷고름을 입에 물고 울고 있었다. 소리를 죽여 부엌에서 울고 있는 엄마를 훔쳐보고 가슴 깊은 곳에서 효심이 발동하지 않을 자식이 있겠는가. 이 시절에는 신교육을 받지 못한 어머니들이 정성으로 자식들 뒷바라지하고 커가는 모습에 꾸중이나 잔소리보다 관심과 칭찬으로 대견스럽게 바라보았었다. 자라면서 자식들은 스스로의 장래를 설계해 나아갔다.

우리 사회가 산업사회로 접어들면서 아버지들은 가정에 머물러 있을 시간이 없었다. 해 뜨기 전에 나가고 달을 보며 퇴근하면서 늙어갔다. 아이들은 아버지와 보낼 시간이 없었고 엄마를 보며 자랐다. 하지만 아버지를 대우하여 가정의 틀을 지키며 자란 아이들은 긍정적이고 효도하는 생활인이 되었을 것이다. 효는 언제나 잘 정돈된 가정에서 싹트기 때문이다. 수필(박도영, 「바다와 어머니」)을 읽었다. "영원한 이방인으로만 떠돌던 아버지는 많은 세월이 흐른 후 병색이 짙은 모습으로 돌아왔다. 장례를 치른 어머니는 '아비 없는 호래자식 될 뻔했는데 그래도 처자 앞에 나타나 우리 손으로 무덤을 만들었으니 다행'이라고, 마치 자식들이 아버지에 의해 구원이나 받은 느낌이 들도록 말씀하셨다"라고 한다. 이런 훌륭한 어머니 밑에서 자란 자녀들은 분명 올바른 사회인이 되었지 싶다.

경제가 나아지면서 아이들은 고생을 모르고 자랐다. 귀엽게만 자란 2세들은 부모를 잘 섬겨야겠다는 생각이 별로 없다. 옛말에도 못난 소나무가 선산을 지키고 병신 자식이 효도한다고 했다. 잘 배운 자식들은 제 앞길을 챙기느라 부모를 생각할 여유가 없다. 외국계 회사에서 중국 북경 매니저로 가 있는 아들은 작년까지 매주 안부 전화를 하더니 연초에 백두산 송이라고 한 박스 보내고 나서 안부가 뜸하다. 작년 설에는 큰딸과 작은딸네 식구가 세배를 와서 함께 지냈지만 금년 설에는 코로나 때문에 큰딸만 와서 세배를 한다. 돌아가서 아내가 좋아하는 곶감과 배즙을 선물로 보냈다. '효자는 부모가 만든다'는 말을 상기하면서, 배즙 마시는 사진을 찍어 문자를 띄웠다. '피곤할 때마다 이렇게 한 팩씩 마시니 기운이 난다. 효녀를 둔 것 같구나, 고맙다' 금방 답이 왔다. "ㅎㅎ 사진을 보니 아버지 멋지게 나이 드셨네요-" 그리고 사과 한 상자를 더 보내왔다.

이제 시대에 따라 사람도 변하고 사람들의 생각과 문화도 변하였다. 결혼도 아이 낳는 것도 선택이라며, 낳아도 한둘 낳아서 특별히 잘 키우겠다는 마음이 과보호를 부르고 결국 부모 자식 간에 갈등을 일으킨다. 〈금쪽같은 내 새끼〉란 TV프로를 보면 어린이들의 문제가 보통 심각한 것이 아니다. 대개 부모의 잣대에 맞추려 하기 때문이다. 삶의 기준을 그들 자신에게 넘겨주고 스스로의 자율自律능력을 기르도록 해야 한다. 아이들은 자기를 이해해 주고 이야기를 들어줄 사람

이 필요한 것이다. 나이가 들어가면서는 그저 저희들 잘 사는 것이 효
도하는 것이란 생각으로 느긋하게 바라보면 그들 나름의 현대식 효
도가 나올 것이다. 노후에는 자식들에 올인 하지 말고 내 인생을 살면
서 의연히 부모의 길을 걸어야지 싶다. 간 뒤에 후회하는 것은 그들의
몫이라 생각하고.

우리는 선진국인가

우리나라는 선진국인가? 그 기준을 경제적 잣대로 재면서 선진국이라 생각하는 사람도 있을 것이다. 하지만 유럽 선진국의 기준은 경제 수준보다 사회 문화적 수준을 보다 중요시하고 있다. 이런 포괄적인 수준으로 볼 때 우리는 아직 선진국 수준에 도달하지 못했다고 생각된다. 그 이유를 고려해 보면 일등주의에서 오는 배려 부족, 편의주의에서 오는 공중도덕의 실종, 이기주의에서 오는 책임 회피, 공분에 의연히 참여하지 않는 적당주의 등에서 찾아볼 수 있다.

그 옛날의 흑백사진을 보면 화장실이 없어 길가에 아무 데나 변을 보았을 정도로 부끄러운 사회상이 보인다. 1950~60년대까지도 우리는 세계에서 가장 가난한 나라에 속한 후진국이었다. 우리 민족이 조선 시대를 거쳐 오면서, 역사 이래 국민들의 '자유와 민주'라는 것을 경험해 본 적이 있었나? 60년대 초에 시작된 산업화 운동으로 획기적인 경제 발전을 이룩하여 살 만해지면서 비로소 '인권'을 찾기 시작한 것이다. 현재는 세계 10위권의 경제 대국이 되었다. 지난날에 비하면 공중도덕도 많이 향상되었고 자유 민주 국민으로서의 자질도 상당히 함양되었다. 하지만 아직도 선진국 대열에 떳떳이 들어가기는 부족한 점이 있다.

작년에 베트남 여행을 하면서 보니 우리나라 단체 여행객들이 사람 많은 식당에서 큰소리로 '위하여'를 수없이 외쳐댄다. 대학 친구들과 가끔 당구를 치고 나서 들르는 양재동 통닭집에서는, 여기에 단골로 오는 중년들 그룹이 옆에서 목청껏 큰소리로 떠들곤 한다. 자기들만 사는 세상이다. 그들을 피하여 우리는 다른 곳으로 간다. 남을 배려하지 않는 이런 사람들이 선진국에 진입하는 문턱을 높이는 셈이다. 천변을 걷다 보면 풀밭에 개가 싸놓은 변 덩어리가 가끔 그대로 뒹군다. 교통신호도 보는 사람이 없으면 무시한다. 좌우측 보행 질서도 지키지 않고 마주치면 잘 비켜주지도 않는다. 이런 기초적인 생활 질서가 잘 지켜져야 선진 국민이 되는 것이다.

사회 수준을 선진화해야 할 공공기관에서도 요즘에 거꾸로 가는 모양새다. 공기관이나 기업체에 문의 전화를 걸면 '응대하는 직원에게 고운 말을 쓰라'고, 지금부터 녹음한다고 장황한 주의가 하나같이 길게 이어진다. 이 말을 듣고 있으면, 이 시간과 에너지 소비가 국가적으로 보면 상당한 비용이 들 것이란 생각이 든다. 우리 국민들은 모두 문의 전화에 대고 욕지거리만 하는 사람들인 것 같다. (어저께 TV 뉴스를 보니 약 70%가 욕을 한다니 믿을 수가 없다) 그렇다고 해도 차분한 멘트로 간단히 주의하면 될 일이다.

선진국 기준에서 15위에 머물러 있는 우리나라 중산층의 기준을 보면, 30평 이상 아파트, 월급여 500만 원 이상, 자동차 2,000cc 이상, 예금 1억 원 이상, 해외여행 연 1회 이상- 모두 금전적 잣대이다. 반면 14위인 영국의 중산층은 페어플레이, 자신의 주장과 신념, 독선적 행동을 하지 말 것, 약자를 돕고 강자에 대응할 것, 불의와 불법에 의연히 대응할 것- 사회 문화적 잣대이다. 우리도 이제 살 만해졌으니 돈에서 눈을 돌려 사회 문화를 돌아봐야 하지 않을까 싶다. 우리가 살고 우리 후손들이 이어받을 이 사회의 가치가 훼손되지 않도록 지켜내는 데 마땅히 참여해야 할 것이다.

여러 해 전 독일을 여행할 때, 캄캄한 밤중에 길을 물으니 가던 차를 돌려 친절히 안내해 주던 독일인의 모습을 잊지 못한다. 문우이신 Y님의 글에 의하면 일본 어린이들은 자라면서 전체 중 '한 사람의 몫(이치닌 마에)'을 중요하게 가르친다고 했다. 사회 구성원 중 자기의 몫을 다한다는 뜻이다. 선진사회란 결국 자유롭게 살면서도 법과 질서를 잘 지키는 것, 자신의 정체성을 잃지 않으면서 남을 배려하는 것, 불의 앞에 비겁하지 않게 대처하는 것들이 아니겠는가? 지난날의 부끄러운 역사를 돌아보며 우리도 명실공히 선진국 대열에 오르는 기회를 잡아야 할 것이다.

국회의원

초등학교 오 학년 때 담임이시던 P 선생님은 교실에서 우리에게 '장래 희망이 무엇인가?' 차례대로 물으신 적이 있었다. 이 뜬금없는 질문에 국회의원이라 대답한 사람이 많았고 대통령이라 말한 사람도 한둘 있었다. 나도 국회의원이라 대답한 기억이 있다. 어린 시절에 꿈이었던 '국회의원'을 생각해 본다.

칠십여 년 전인 그때에는 일제에서 해방된 지 얼마 안 된 시기라 농사짓는 일 외에 사회에서 할 수 있는 직업이 별로 없던 때였다. 기업들도 별로 없던 그 시절에는 학교 선생님, 군이나 면 서기 같은 것들이 눈에 들어오는 직업이었다. 하지만 아무 생각 없이 자라던 시골 촌놈들에게 장래의 꿈을 생각하게 해준 값진 질문이었다고 지금도 생각한다. 그 꿈들을 좇아 살았기에 훗날 모두 어엿한 사회인으로 자리잡지 않았을까 싶은 것이다.

대한민국 건국 초기였던 그때는 입법, 사법, 행정- 삼권 분립으로 자유 민주 국가의 기본 틀을 세우는 시기였다. 정치의 기준이 되는 헌

법도 제정해야 하는 제헌국회 시절이라 국회의원이라면 모두에게 존경받던 자리였다. 지금처럼 숫자도 많지 않았기에 사회에서 널리 알려지고 존경받는 인물들이 당연히 많은 표를 얻어 당선되었다. 삼권분립으로 국가 권력이 세 곳으로 성격에 따라 나뉘었기에 서로 견제하면서 독재를 막을 수 있는 구조였던 것이다.

지금은 어떤가? 21대(2020.4.15.) 국회의원 300명 중에 전과자가 100명(3명 중 1명), 군 미필자가 47명(여성 빼고 4명 중 1명)이다. 정치를 잘 모르는 내가 생각해도 한심스러운 일이다. 그들은 지금 국가와 국민의 장래를 위해 진지하게 고민하고 토론하는 모습을 보이고 있는가. 모두가 무리를 따라 패거리 정치를 하고 있지 않은가. 좌우 두 이념의 깃발 아래 갈라져서 그 지도부의 지시에 따라 일사불란하게 움직이고 있다. 나라의 앞날은 안중에도 없고 자신들의 이익과 이념에 따라 뭉쳐 다니며 반대편의 발목을 잡는다. 국민들은 울화통이 터진다. 국회의원의 숫자를 대폭 줄여라, 그들에게 들어가는 예산을 대폭 삭감하라는 생각은 나만의 생각일까?

글에 보면(최진석, 『경계에 흐르다』 p110), 우리는 대개 두 이념 중에 하나를 택하는 데 익숙하다. 이쪽 아니면 저쪽을 택하면서 상대에게도 은연중에 따라오기를 강요한다. 여기서 이단이나 극단적 근본주의가 성장한다. 하지만 양쪽을 같이 갖거나 양쪽 사이의 경계에 처하면 진취적 삶을 구현할 수 있게 된다. 한쪽을 택하면 이념화되기 쉽고, 경계에 서면 생산적 효과를 낸다. 경계에 서면 얼굴이 밝고 환해진다고 했다. 국회의원은 한 사람 한 사람이 헌법기관이다. 국가와 국민을 위하여 소신껏 일하라는 뜻일 것이다.

우리는 조선시대에 중국의 종속국으로 살았고, 이어서 일본의 지배하에 신음하다가 독립한 작은 나라이다. 지리적으로도 두 이념의 경계에 서 있는 나라이다. 이념을 걸고 우리끼리 싸우지 말고 경계에 서서 국가의 이익을 최대화할 수는 없을까. '나'만을 외치면서 이기주의에 빠진 사람들에게는 기대할 만한 미래가 오지 않는다. 지난날의 비참했던 역사를 생각해 보라. 우리끼리 파당 싸움을 할 때인가? 의원 각자가 떼거리 이념에 갇히지 말고 독립적으로 자신만의 양심과 용기를 발휘하여 나라를 반석 위에 올려놓을 수는 없을까? 현재를 바로잡는 길이 미래를 세우는 일이다. 양쪽 이념을 다 같이 아우르며, 그 경계에 서서 대한민국을 일류 국가로 세워주었으면 하는 기도이다.

궁금하다

이 세상은 이해할 수 없는 일들로 가득하다. 그중에 하나는 시인들의 시 창작 동기motive나 방향이다. 지난 8월 코로나 휴강으로 넉넉한 시간을 이용하여 1,100여 페이지에 이르는 『한국 현대시 해설(홍윤기)』을 통독하였다. 여기서 느낀 것은 국가의 수난 시대나 안전 시대나 어느 시대에나 사회와 정치를 걱정하는 시인들의 고발이나 저항 시가 나오고 있었다는 것이다. 물론 자유와 민주가 억압받던 일제 식민 시대에는 저항 시가 더 많이 나왔지만 일반 국민들이 별 제약 없이 지낼 수 있는 시기에도 이런 시들이 꾸준하게 나왔다는 사실이다.

연도 별로 나눠진 이 책에서 보면 일제에 지배받던 시대(1930~40년대)에는 한용운 이상화 홍사용 김동환 정지용 이은상 박용철 김기림 이육사 이용학 윤동주 등의 많은 시인이 이런 시를 쏟아냈다. 이상화 시인은 「빼앗긴 들에도 봄은 오는가」로 망국의 울분과 저항정신을 발표했고 이 때문에 천도교가 발행한 대표적인 대중 종합 잡지

였던 『개벽』이 폐간되었다. 김동환은 「국경지대」라는 장시長詩로 한만 국경지대 주민들의 망국의 비애를 울었고, 정지용과 이은상은 망국의 한恨과 슬픔을 노래했다. 김기림은 「태양의 풍속」이란 시로 조국 광복을, 윤동주 시인은 「별 헤는 밤」에서 광복에 대한 동경을 염원했다. 이처럼 자신의 안위를 뒤로하고 민족혼을 불러일으켰던 선대의 시인들을 우리는 민족의 선구자로 존경하고 있다.

1950년대 6·25 전후戰後에는 분단국의 한恨을 노래한 시들이 나왔다. 시인 신기선의 「길」은 통일에의 염원을, 박봉우의 「휴전선」은 국토 분단과 동족상잔의 비극 그리고 휴전이라는 불안한 상황을 고발하는 시이다. 1960~80년대에 군사 정부 시대에는 시인 김종해 홍윤기 조태일 김지하 양문규 이승하 등이 자유 민주를 열망하는 시들을 쉴 새 없이 쏟아냈다. 김지하는 「타는 목마름으로」라는 시로 민주주의 회복을 열망했고 「오적」이란 시로 부정부패를 고발하였다. 양문규는 상징적 저항 의지의 시를 썼고 이승하는 「화가 뭉크와 함께」라는 시로 공포정치에의 저항 의지를 노래했다. 군사 정부 하에서 경제가 점차 살아나면서 사회 비리에 대한 저항 시, 부조리 현상에 대한 고발 시들이 이어졌다.

5·16 이후에 많은 시인이 군사독재라 부르며 민중의 자유를 위한 저항 시를 쓴 것을 보면 그때에 언로言路가 막히지는 않았었나 보다. 나도 그 시절을 살아봐서 안다. 체제 부정 세력이나 무능한 민주화 운동가들에게 억압이 있었을 뿐 선량한 일반 시민들의 생활은 아무런 제약을 받지 않았다. 이 시인들은 책임이 따르지 않는 무한 자유를 원

했던 것인가? 고도 산업화에 선진국으로 달리는 마당에 사회 고발을 쏟아내고 있었으니 불의와 부패만 보였나? 아니면 시인들은 원래 반골 기질을 타고난 것인가? 가난했던 국민들에게는 물 먹어 배 채우던 보릿고개가 사라졌고 하늘의 별 따기 같던 졸업 후 취직이 풀렸고 수도와 전기도 없던 서민 생활이 선진화되었다. 이런 시들은 그 당시 열심히 뛰던 내게 그저 흥밋거리로밖에 보이지 않았다.

지금은 진정한 자유와 민주가 살아 있나. 불의와 부패가 모두 사라졌나. 대한민국의 자주自主는 굳건한가? 유튜브나 카톡들을 보면서 우리의 자유 민주 체제가 뿌리째 흔들리는 것은 아닌지 많은 국민들이 불안을 느끼고 있는 듯하다. 하지만 시인들은 왜 이리 쥐 죽은 듯 조용한가? 이헌구(1905~1983)는 「시인의 사명」이란 그의 글에서, 평화로운 시대에 시인의 존재는 비싼 문화의 장식일 수 있으나, 비운에 빠진 국가에서는 예언자로 혹은 민족혼을 불러일으키는 선구자적 위치에 놓일 수도 있다고 했다. 이 말에 전적으로 동의한다. 시인이시여! 당신은 불사의 민족혼을 불러일으킬 선구자적 위치에 놓여 있습니다. 한데, 이 땅의 자유와 민주를 지키자는 혼불 같은 시詩들이 전혀 보이지 않는다. 그 많은 시인은 다 어디로 가셨는지 정말 궁금하다.

2021. 9.

꽃의 세월

봄이다. 꽃 피는 시절이다. 산책길에서 보는 꽃들이 해마다 순서 따라 피고 지는 것을 보면 대자연의 질서가 엄연하다는 것을 실감하게 된다. 매년 자기 차례에 왔다 가는 것이다. 우리 인간 세상도 어쩌면 꽃들의 세상처럼 보이지 않는 질서에 따라 흘러가는 운명이 아닐까 느껴지기도 한다.

혹한酷寒이 조금 누그러진 날 정원으로 걸어 나가는데, 아직 2월도 다 가기 전에 눈 속에서 목련이 뽀얗게 고개 내미는 것을 보고 이 마음도 목련이 되었다. 3월이 다 갈 무렵 온 세상이 벚꽃 천지가 되었을 때에 나도 벚꽃이 되었다. 4월이 익어가자 진달래 철쭉으로 정원이 온통 빨간 세상이 되었을 때는 빨갛게 물들었다. 지금 오월을 지나면서 찔레꽃과 아카시아 꽃이 여기저기 하얗게 군락을 이룬 것을 보고 마음에 하얀 꽃이 피었다. 이제 곧 아파트 담장을 아름답게 장식해 주는 빨간 덩굴장미가 평화롭게 피어날 것이다.

오월이 저무는 마당에서 꽃의 세월을 돌아본다. 꽃이 남기고 간 흔적은 모두 나름대로 그 맛이 있었다. 우리는 이런 꽃들에게 불평하지 않는다. 목련이 질 때 왜 그렇게 지저분하냐, 벚꽃은 어찌 그리 한꺼번에 모두 져버리느냐고 시비 걸지 않고 자연의 순리대로 감상하며 살아간다. 그래서일까, 우리 민족이 살아 온 조선 시대의 실체는 군주 독재 시절이었다. 국민 70% 정도가 노비와 상민계층이었고 이들은 왕족이나 양반들의 처분만 바라보고 살았던 인권 취약 시대였는데, 오늘날 이야기나 TV 드라마에서는 그 시대의 사회를 낭만적으로 아름답게 묘사하고 있다. 궁금하다. '오늘은 언제나 슬픈 것, 지나간 것은 그리워지나니(푸시킨)'이기 때문일까?

지금 우리의 정치, 경제에 대한 우려의 목소리가 사방에서 들려온다. 십여 년 전에 문인들이 쓴 글을 보면 그 시절에도 같은 걱정이 많았던 사실을 보고 놀랐다. 중국의 춘추전국 시대에 혼란스러운 사회를 보면서 노자는 인간사회에서 분쟁이 끊이지 않는 것은 모두 인위적인 것들이며, 자연으로의 복귀와 무위無爲에 순응하는 정치를 설파했다고 한다. 노자의 도덕경은 난세를 살아가는 생존 철학이다. 인간의 아름다움이란 것은 추할 수 있고 추한 것이 아름다울 수도 있다. 길고 짧은 것은 서로 비교해서 생겨나고 좋다─나쁘다 높다─낮다 등의 판단도 상대적인 개념이지 절대적일 수 없다는 것이다. 그 깊은 뜻이야 모르겠지만 비워서 채우는 무위無爲의 심정으로 꽃의 세월을 보며 살라는 말이 아닐까 싶다.

오늘의 위정자들이 사회주의 체제를 선망한다는 걱정들인데, 민심이 천심이라 하니 하늘도 민심을 따르지 않겠는가. 오늘의 주인은 젊은이들이고 우리 노인들은 벌써 주류에서 밀려난 꽃이 진 세대이다. 무엇을 걱정하랴. 단군 이래 가장 존재가 뚜렷한 국가에서 인권을 존중받고 제일 풍족했던 꽃의 세월을 살아온 행운아들이다. 이 시대를 통하여 이 땅에 박힌 자유-민주의 뿌리가 그리 쉽게 흔들리지 않으리라는 생각이다. 최악의 경우 북한의 일인 독재 체제하에 흡수 통일 되는 경우가 온다고 하더라도 대한의 국민들은 민주화 운동으로 다시 회복할 것이라 믿는다. 우리 노인 세대는 정신을 바로 잡고 건강을 다독이면서 겨울이 머지않았으니 철 따라 피고 지는 꽃의 운명을 음미해 볼 일이다.

2020. 5.

태극기를 달면서

아침체조를 하며 내려다보는데 아파트 정문에 태극기를 열 지어 달아 놓았다. 서둘러 국기를 달고 체조를 마친 후에 자세히 보니 모두 조기를 단 것이다. 그렇지 오늘은 현충일이니 당연하겠지. 다시 조기로 바꿔 달고 옆 동에 국기를 단 집이 몇이나 되나 세어 보았다. 두 집밖에 안 보여 실망하면서 자세히 훑어보니 저 위쪽으로 두 집이 더 있다. 위에서 국기가 나란히 펄럭이는 모습을 보니 감동스럽고 그 댁 주인들이 존경스러웠다. 하지만 40가구에 네 집이라, 늦가을 세찬 비바람에 잎이 다 떨어진 초라한 단풍나무처럼 쓸쓸해 보였다.

초등학교 때는 국기가 귀하였다. 6·25 수복 때 국군들이 밀고 올라올 적에 모두 태극기를 손에 들고 신작로에 나가 환영하는데 우리 집은 태극기가 없었다. 초등학교 5학년이던 내가 종이에 그려서 들고 나가니, 행방불명된 큰형 때문에 눈물로 지내시던 어머니가 "저 어린 것이 쓱쓱 그려갖고 나가더라닝께" 하고 오랜만에 웃음 띤 얼굴

심웅석 수필집 | 우리를 받아줄 곳은 없나요

을 보이시던 모습이 생각난다. 그 모습을 보고 큰일을 해낸 기분이었다. 그때 국기를 들고 너무 일찍 나갔던 사람들은 후퇴하는 인민군들의 따발총에 맞아 죽었다 했다. 6·25 기념식 때 태극기를 들고 '아아 잊으랴 어찌 우리 이날을-' 하고 소리 높이 노래 부를 때는 어린 가슴에도 스스로 엄숙하고 경건했었다.

태극기는 1882년(고종 19년) 8월 수신사 박영효가 도일渡日할 때 초안草案을 고쳐서 달았던 것을 1948년 8월 15일 대한민국 정부가 수립되면서 이듬해 10월에 현재의 도안으로 확정되었다고 한다. 흰색 바탕은 평화를 상징하고 중앙의 태극 문양은 우주 만물의 음양의 조화를 뜻한다. 몇 년 전에 여기로 이사 오면서 아파트 노인회에서 나누어 주는 태극기를 세 개나 받고 갑자기 부자가 된 느낌이었다. 국기는 애국심을 고취하는 구심점이기도 하다. 우리 태극기를 세계 여러 나라 국기 중에 제일 아름답다고 생각해 왔으며 이 문양은 언제나 마음에 평화를 가져다주는 마력이 있다.

행사가 있을 때 태극기를 함께 들고 있으면 무언중에 정신적인 유대감이 형성되는 것도 사실이다. 올림픽에서 우리 선수가 우승하여 태극기가 높이 계양될 때 온 국민은 서로 감싸 안으며 자존심을 느꼈을 것이다. 한일 월드컵(2002년 5월, 대한민국 4강) 때는 선전하는 선수들을 태극기 흔들며 한마음으로 '대-한민국' 소리 높이 응원하지 않았던가. 우리 민족 역사상 개인이 자유로운 인권을 누릴 수 있는 자유민주 체제는 태극기와 함께 태어난 대한민국이 처음이다. 인권과 사유재산이 보장되어 누구나 일터에서 열심히 일할 동기를 주었다.

'원하는 것은 무엇이든 얻을 수 있고-' 노래 부르며 피땀 흘려 이제는 세계 10위권 경제 강국이 되었다. 이번 코로나19 사태에서 보여주듯이 의료 보장도 세계 어느 나라보다 잘되어있다.

반세기만에 최빈국에서 이렇게 발전한 나라는 세계 역사상 전례가 없다는 것이다. 한데, 우리 국민은 이제 피로감에 지쳤나? 공원 한쪽에서 도서관을 짓는 공사장의 포클레인은 토요일에도 움직이질 않는다. 직장인들은 오전 11시만 조금 넘으면 점심 먹으러 터진 김밥처럼 쏟아져 나온다. 힘들고 땀 흘리는 소위 3D 직종은 대부분이 외국인들 몫이다. 밤낮없이 뛰면서 여기까지 온 날들을 잊었단 말인가. 역사를 잊은 민족에게 미래는 없다지 않는가. 일제로부터의 해방은 2차 세계대전에서 승리한 연합군으로부터 거저 얻은 부끄러운 자유였다. 피 흘리고 생명을 바쳐 스스로 얻은 것이 아니기에 그 귀중함을 모르고, 먹고살 만하다고 나태해질 것인가?

오늘 TV에는 6·25 전쟁 제70주년 행사로 북한 땅에서 발굴한 147기의 참전용사 유해를 봉안하는 장면이 나왔다. 전사자들의 유골함을 태극기로 덮어서 정중히 모시는 장면은 가슴에 뭉클한 숙연함이었다. 태극기는 대한민국의 탄생과 함께한 우리의 근 현대사이며 내 생애와도 시기를 같이한 국기이기에 더욱 애틋한 정이 든다. 우리 국민이 심기일전하여 다시 한번 뛰면서 세계만방에 태극기를 더욱 힘차게 휘날려 보는 날이 오기를 빌어본다.

투병 수기

암이라면 나와는 상관없는 이야기로 알았다. 친구가 폐암 수술을 받았다고 했을 때도, 동서가 위암으로 고생할 때도 병문안하고 잘 위로해 주면 내 일은 끝나는 것이라 생각했다. 하지만 2011년 3월(만 71세)에 매년 받던 정기 건강진단에서 폐암이라 진단받았다. 지금까지 10년 넘겨 투병 생활을 하면서 여러 치료과정을 거쳐 왔다. 직업이 의사인 나도 암이라 진단받고 나니 일반 환자와 다를 것이 없었다. 우리나라 사망률 중에 1위가 암이고, 암 중에는 폐암 사망률이 1위라 한다. 누구나 기대수명(82세)까지 생존할 경우 암에 걸릴 확률은 36.2%(2014년 통계)라 하니, 세 명 중 한 명이 암 환자이다. 평균 수명이 길어지면서 암 발생률도 높아지는 것이다.

오십 대 초반까지는 건강진단도 받지 않고 살았다. 그 후 점점 몸이 말하기 시작하자 건강에 관심을 가지고 매년 건강진단을 받아왔다. 조기에 발견하면 이제 암도 많은 경우 치료할 수 있는 질병이 되었다. 2011년 C대 병원 건진의 저선량 흉부 CT에서 좌측 폐에 1cm

이하의 종궤가 몇 개 보이니 6개월 후에 재검하라는 결과를 받았다. 암 의증 환자로 6개월을 기다리고 있자니 불안하였다. 폐 CT를 복사하여 몇 군데 다른 병원의 호흡기 내과의 소견을 들어보았다. A병원과 S의료원에서는 6개월 후 다시 검사해도 충분하다 했고 S대 병원에서는 종궤 중에 털이 난 놈 한 개가 안 좋으니 아예 수술하면서 조직검사를 하자 했다. 나는 암 치료의 정석인 '조직검사 확진 후 수술을 결정하기'로 마음을 정하고 A병원에 조직검사를 의뢰했다. '비소세포 폐암'으로 나왔다. 지체 없이 좌폐 상엽 절제술을 흉강경 수술로 받았다. 폐암 2B기라했고 술후 항암치료는 안 해도 된다는 것이다.

수술 후 2015년까지 만 4년 반 동안은 정기적인 추적검사만 받으며 건강하게 살았다. 근 오십 년을 피워 온 담배는 수술 후 끊었다. 젊은 시절에는 건강에 나쁘다는 것을 알면서도 나중의 건강보다도 우선 지금 몰아닥친 인생의 고민을 담배 연기와 함께 날려 보내겠다는 심정으로 폐 속 깊이 들여 마시고 뿜어냈다. 두주불사斗酒不辭로 마시던 술은 수술 후 와인이나 맥주 한 잔 이하로 끊다시피 했다. 술이 암 유발 물질이란 보고도, 면역력을 저하한다는 보고도 있다. 마음 편하게 살려고 개원하던 병원도 정리하고 산수 좋은 광교산 자락으로 이사하였다. 좋은 자연환경 속에서 면역에 좋다는 충분한 수면과 적당한 운동을 계속한다. 아내는 건강 식단을 차리고 자신은 힘들지 않은 낮은 산으로 매일 5,000보 이상 걷는다.

지난 2015년 가을(술후 4년 반) 추적검사에서 암이 반대편 폐와 양측 부신에 전이되었다고 했다. 폐암 4기로 말기 암 환자가 된 것이다. 재발하고 보니 수술 직후에 항암 치료를 받았었으면 하는 후회도 있었다. 하지만 조기발견 때에는 후치료를 한 것과 안 한 것에 차이는 없다는 임상 보고를 읽고 그것으로 위안을 삼는다. 이 무렵에 밤잠을 설칠 정도로 집안일에 신경 쓸 일이 있었는데 그것이 병을 악화시킨 것 같기도 하다. 정신적인 스트레스가 면역력을 약화하고 암 발병 원인이 된다는 학설을 믿는다. 요즘은 아무리 걱정스러운 일이 있어도 저 하늘의 뜬구름처럼 여기고 자신만 바라보며 즐겁게 살아간다. 취미생활은 삶에 활력을 주고 살고자 하는 의욕을 세워준다. 암의 '5년 완치'설을 너무 믿으면 안 된다. 그것을 믿고 건강 관리를 소홀히 하다가 실패한 친구들을 많이 보았다. 암은 완치되지 않는 병이라 생각해야 한다. 내 생명보다 더 중요한 것이 무엇인가?

말기 암 환자가 되니 진료과가 흉부외과에서 종양내과로 바뀌었다. 수술받은 A병원 종양내과 담당의는 이레사를 36일간 처방했다. 결과는 효과 없음이었다. 이제 입원하여 조직검사를 통해서 약을 다시 고르자는 것이다. 진료 과정에서 담당의는 바쁜 탓인지 찬바람이 불었다. 의사는 환자에게 병의 경과를 따뜻하게 설명해 줘야 한다. 치료 효과를 극대화하려면 의사–환자의 관계가 좋아야 한다. 생각 끝에 지금까지의 진료기록을 모두 복사하여 S대 병원으로 전원하였다.

전원해 온 대학병원 종양내과 K 교수는 환자의 말을 차분히 다 듣고 나서 '이 약은 부작용도 적고 효과도 좋을 것'이라며 '알림타'를 처방하면서 메모지에 설명까지 적어준다. 지푸라기라도 잡아야 하는 심정에서 따뜻한 설명을 듣고 나니 병이 다 나은 것 같은 느낌이 들었다. 재발 후 지금까지 7년여간 시기마다 바꿔 쓴 약들이다. 알림타 (24회로 18개월), 옵디보(2017년 3월부터 7회 후, CT상에 암 조직이 모두 없어져 추적검사만 받으면서 2019년 3월까지 2년간). 이어서 2019년 7월부터는 키트루다(주)를 지금까지 3년 이상 쓰고 있다. 지금은 이들이 최신 처방이지만 유전자 변이에 따라 쓸 수 있는 약은 끊임없이 개발되고 있다. 담당 교수는 "계속 치료해보시지요, 쓸 약은 많이 있습니다"라면서 용기를 준다.

우리 인생이 삶에 묻혀서 지내다 보면 내가 보이지 않는다. '신의 별 아래 자신이 보호되고 있다고 믿다가는 문득 먼 여행길에 홀로 서 있는 불쌍한 존재가 될 것이다'(생텍쥐페리, 『성채』, 이상각 엮음) 정기적인 건강진단과 질병의 조기 발견이 중요하다. 처음 암을 진단 받았을 때는 '하늘이 이렇게 나를 외면하는가'라고 생각되었지만 진단-수술 후 11년여를 살고 있는 지금은 같이 동행하는 친구쯤으로 느껴진다. 죽음은 자연의 섭리일 뿐 인생의 실패는 아니다. 현실을 그대로 받아들이면서 마음은 평온해졌다. '치료는 의사에게 생사는 하느님께' 맡기기로 하고 이제 이별 여행도 다니고 영정사진도 찍는다. 눈에 보이는 세상이 모두 아름답고 사랑스럽다. 오늘도 숨 쉬고 살아서 광교산 둘레길을 걷고 파란 하늘에 뭉게구름 떠 가는 것을 볼 수 있다는 사실이 한없이 감사하다.

우 리 를   받 아

줄 곳 은   없 나 요

우리를 받아 줄
곳은   없나요

심웅석 수필집